|红色经典丛书|

红色骑兵军

[苏]伊萨克·巴别尔 著

袁 琳 译

江苏凤凰文艺出版社

图书在版编目（CIP）数据

红色骑兵军／(苏)伊萨克·巴别尔著；袁琳译.
—南京：江苏凤凰文艺出版社，2019.10(2025.2 重印)
（红色经典丛书）
ISBN 978-7-5594-3786-0

Ⅰ.①红… Ⅱ.①伊… ②袁… Ⅲ.①短篇小说—小说集—苏联 Ⅳ.①I512.45

中国版本图书馆 CIP 数据核字(2019)第 099103 号

红色骑兵军

(苏)伊萨克·巴别尔 著　　袁琳 译

出 版 人　张在健
责任编辑　朱雨芯
装帧设计　马海云
责任印制　刘　巍
出版发行　江苏凤凰文艺出版社
　　　　　南京市中央路 165 号，邮编：210009
网　　址　http://www.jswenyi.com
印　　刷　南京新洲印刷有限公司
开　　本　880 毫米×1230 毫米　1/32
印　　张　5.875
字　　数　123 千字
版　　次　2019 年 10 月第 1 版
印　　次　2025 年 2 月第 5 次印刷
书　　号　ISBN 978-7-5594-3786-0
定　　价　29.00 元

江苏凤凰文艺版图书凡印刷、装订错误，可向出版社调换，联系电话 025-83280257

目　录

横渡兹布鲁奇河 ……………… 001
诺沃格拉德的教堂 ……………… 004
一封家书 ……………… 008
军马储备处主任 ……………… 014
阿波廖克先生 ……………… 017
意大利的太阳 ……………… 026
基大利 ……………… 031
我的第一只鹅 ……………… 035
拉比 ……………… 040
通向布罗德的路 ……………… 044
关于机枪车 ……………… 047
多尔古绍夫之死 ……………… 051
二旅旅长 ……………… 056
萨什卡·耶稣 ……………… 059

马特维·罗季奥内奇·巴甫利钦柯小传 065
柯金纳的墓地 071
普里谢帕 073
一匹马的故事 075
康金 080
别列斯捷奇科 084
盐 088
夜 093
阿弗尼卡·比达 096
在圣瓦伦汀教堂 103
骑兵连连长特鲁诺夫 108
两个伊万 117
一匹马的故事续集 125
寡妇 127
扎莫斯季耶 133
背叛 138
切斯尼基 143
战后 148
歌曲 153
拉比之子 157
良马阿尔加马克 160
吻 167
格里修克 174
他们本来九个人 176

横渡兹布鲁奇河

第六师师长报告，我军已于今日黎明时分攻下诺沃格拉德-沃伦斯克市。师部已从克拉毕夫诺拔营，向该市出发。我们的辎重车队殿后，吵吵闹闹，稀稀拉拉，绵延在从布列斯特到华沙——这条尼古拉一世用男人的白骨铺就的公路上。

紫红的罂粟在我们四周的田野里盛放，下午的风儿拨弄着日渐成熟的黑麦，宛若少女般的荞麦则矗立于天际，仿佛远处修道院的围墙。静静的沃伦河逶迤地向远处流淌，朝着白桦林珍珠般的雾霭而去。它爬上花团锦簇的小山丘，用疲倦的双手拥抱叠叠绿草。红日西斜，就像一颗被砍下的头颅，温柔的光束穿过云缝，晚霞伴着军旗，在我们头顶迎风飘舞。昨天的血腥和战死的马匹的味道在傍晚的丝丝凉意中滴落下来。暮色渐渐笼罩下的兹布鲁奇河滔滔汩汩，激流险滩处泡沫飞溅，浪花旋转跳跃。桥都被毁坏了，我们只得涉水过河。肃穆的月亮枕着波涛。马儿下到齐胸深的水里，哗哗的流水从成百条马腿之间淌过。有人快被河水淹没了,大声地咒骂着圣母。黑压压的车队占据了整个河流,在蛇影般的月光和闪亮的浪谷之上充斥着混作一团的喧哗声、口哨声和歌声。

深夜,我们抵达诺沃格拉德市。在分给我住的那间房子里,我见到了一位孕妇和两个红头发、细脖子的犹太男人;第三个犹太人倚着墙,正蒙头熟睡。在这间屋子里,我还发现了一些被翻过的柜子,女式皮袄的破片儿散落在地上,还有人的粪便以及犹太人一年一度在逾越节时才使用的珍贵器皿的碎片。

"打扫一下,"我对那妇女说道,"你们怎么过得这么邋遢,房东……"

两个犹太男人动了起来。他们穿着毡底鞋,跳着走路,收拾着地上的脏东西。他们像猴子一样,无声地跳跃着,就像杂技团里的日本人一样,他们的脖子肿胀着,转个不停。他们往地上铺了一条破烂的绒毛褥子,我就靠着墙躺下了,紧挨着第三个熟睡的犹太人。胆怯的颓丧聚拢在地铺上方。

万籁俱寂,只有月亮用蓝色的双手搂着它那圆乎乎、亮闪闪的无忧无虑的脑袋,在窗外漂泊。

我揉着肿胀的双腿,躺在破烂的绒毛褥子上睡着了。我梦见了第六师师长。他骑着一匹高大的牡马追赶着旅长,并向旅长的眼睛开了两枪,子弹穿过旅长的脑袋,两颗眼珠掉到了地上。"你为什么撤回了你的旅?"第六师师长萨维茨基冲着受重伤的旅长怒吼道。就在这时,我醒了过来,因为怀孕的女人用手指抚摸着我的脸。

"先生,"她对我说,"你在梦里又喊又踢的。我给你在另一个角落里铺了一张床,因为你碰着我的父亲了……"

她抬起瘦弱的双腿,挺着圆滚滚的大肚子,从熟睡的人的身上掀开被子。一个已经死了的老头仰面朝天地躺在那里,喉咙被切开了,脸被砍成两半,藏青色的血糊在整个胡子上,像一块铅一样。

"先生,"这个犹太女人抖着绒毛褥子说道,"波兰人砍他的时候,他恳求他们说:'你们到后院杀我吧,别让我女儿看到我是怎么死的。'但是他们还是想怎么做就怎么做了,——他就死在这个房间里,还惦记着我……现在我就想知道,"女人突然撕心裂肺般地喊道,"我就想知道,在全世界的其他地方,哪里还能发现像我父亲这样的父亲……"

诺沃格拉德的教堂

昨天我去向首长汇报，他住在一个逃跑的天主教教士家里。天主教耶稣会女管家艾丽莎太太在厨房接待了我。她递给我一些奶油饼干和琥珀色的茶。这些饼干闻起来像带着一种刻有耶稣受难像的十字架的味道，还掺和着一些狡猾的果汁和梵蒂冈芬芳的狂怒。

家旁边的教堂里，发了疯的打钟人把钟声敲得凌乱。这是七月的一个夜晚，繁星密布。艾丽莎太太晃了晃一头仔细整理过的白发，不间断地给我补充饼干，我享受着天主教教徒的食物。

这位年长的波兰女士称呼我为"先生"，几个耳朵失聪的老头在门口直直地站着，在昏黄幽暗的某处，一个天主教教士的长袍七皱八褶，弯弯曲曲。神父逃跑了，但他的助手罗姆阿里德先生留下来了。

罗姆阿里德，一个说话带鼻音的阉割派教士，身材魁梧，尊称我们为"同志"。他黄色的手指在地图上来回移动，指着在战斗中被波兰人摧毁的地方。他一五一十地列举着祖国的创伤,兴奋得连嗓子都哑了。就让我们暂时忘却这位无情地背叛我们、后来被路人射杀的罗姆阿里德吧。然而,在那个夜晚,他的紧身长袍飘扬在所有的门帘旁,狂怒地扫过所有的道路,并对所有想喝伏特加的人们给予微笑。在那样一个夜晚,这位教士的影子在我身后寸步不离。他,罗姆阿里德先生,本会成为主教的,如果他后来没有成为奸细的话。

我和他一起喝着罗姆酒,闻所未闻的生活气息在天主教教士的家里时隐时现。罗姆阿里德的曲意奉承听得我浑身酥软。耶稣受难的十字架啊,就像是上层社会交际花的护身符,写着罗马教皇训谕的羊皮纸和腐烂在蓝色绸布坎肩里的女人的信件一样微不足道!……

我由此看清你,你就是个披着紫袍的不守信的教士,你的双手肿胀,你的内心温柔而残忍,就像猫的心一样,我还看到你的上帝的创伤,那里流淌着芬芳的毒素般迷惑少女的精液。

我们一边喝着罗姆酒,一边等着首长,但首长一直没有从师部回来。罗姆阿里德倒在角落里睡着了。他一边睡着,一边抽搐着,而窗外的花园里,在天空黑暗的激情下,林荫道闪烁变幻。充满渴念的玫瑰在黑暗里摇曳。绿色的闪电点亮长空。一具赤裸的尸体被乱扔在斜坡上。月光顺着尸体跷起的双腿缓缓流动。

这就是波兰,这就是波兰立陶宛公国目空一切的悲痛!我,作为一个暴力入侵的外国人,抖开神父落在教堂里的褥垫,上面爬满了虱子,把一些大厚书垫在头下面,书里歌颂的是高贵和贤明的大国元首约瑟夫·毕苏斯基。

贫穷潦倒的大军正涌向你的古城,噢,波兰,全世界奴隶联合起来的歌声响彻天空,痛苦吧,波兰立陶宛公国,痛苦吧,昙花一现般的拉吉维尔公爵,萨佩基公爵!……

首长一直没来。我去师部、花园和教堂找他。教堂的大门开着,我走了进去,迎面看到两颗白花花的颅骨在一口破棺木上熊熊燃烧。我吓得往地下室跑去。一把橡木梯子从那里直通祭坛。我看到很多火苗在屋顶上方来回游荡。我看到了首长、特务科科长和手里拿着蜡烛的哥萨克们。他们听到了我微弱的喊叫声,将我带出了地下室。

那两颗颅骨原本是教堂灵柩台上的雕塑艺术品,知道真相后我再也不怕了,我们一起继续搜查,之所以有这个搜查,是因为在天主教教士家里发现了一大堆制服。

我们袖口上刺绣的马头闪闪发光,我们彼此低声细语地议论着,脚上的马刺嘎嘎作响,手里拿着火苗飘动的蜡烛,在回音四起的建筑里转悠着。缀满珠宝的圣母们用老鼠一般粉红色的瞳孔注视着我们的路径,火苗在我们的手指中间晃动着,一块块阴影投到圣彼得、圣弗兰西斯科、圣温琴特的雕像上,在他们绯红的双颊和涂满洋红油彩的弯曲的大胡子上跳动着。

我们一边转悠,一边寻找。我们按下一个个骨质按钮,一幅幅被劈成两半的圣像移动开来,露出了一个个地下室和长满苔藓的暗洞。这座教堂历史悠久,充满秘密。在金碧辉煌的墙壁中隐藏了许多暗道、壁龛和打开时无声无息的暗门。

噢,愚蠢的天主教教士啊,他竟然在救世主的钉子上挂满了女教徒的内衣。我们在圣障后面找到了一箱金币,一袋装在精致的山羊皮口袋里的纸币,还有装着祖母绿戒指的巴黎珠宝商的套子。

后来,我们去首长的房子里数钱。金币摞成的柱子,纸币铺成的地毯,一阵阵风吹来,烛火闪烁,艾丽莎太太的眼睛里透出乌鸦般的疯狂,罗姆阿里德大笑不止,失去理智的打钟人罗巴茨基先生没完没了地敲着大钟。

"走吧,"我自言自语道,"离开这些被大兵们迷得挤眉弄眼的圣母们……"

一封家书

这是我们收发室一个叫库尔久科夫的男孩口述,我代笔写下的一封家书。它不应该被遗忘。我全文抄录了下来,一字未改,完全保留了其原来的内容。

"亲爱的妈妈,叶夫多基娅·费奥多罗芙娜:首先,我要赶紧告诉您,托上帝的福,我还活着,并且很健康,我希望从您那儿也能听到同样的话。我还要向您深深地鞠上一躬……

(下面列举了一些亲戚、教亲、干亲。我们省略掉这部分。接着看第二段)

"亲爱的妈妈,叶夫多基娅·费奥多罗芙娜·库尔久科娃,我想要急切地告诉您,我现在在布琼尼同志领导的红色骑兵军里,您的干亲家尼孔·瓦西里奇也在这里,他现在是红军英雄。他把我调到他的手下,在政治部收发室,我们负责向前线分发书籍和报刊——中央执行委员会的《莫斯科消息报》《莫斯科真理报》和疾恶如仇的《红色骑兵报》,每个前线战士都迫不及待地等着读报,看过后就会充满英雄气概地砍杀卑鄙的波兰人。在尼孔·瓦西里奇的照顾下,我生活得很好。

"亲爱的妈妈,叶夫多基娅·费奥多罗芙娜,尽您最大的能力给我寄点什么吧。求您把那只小花猪宰了,打包寄给政治处的布琼尼同志吧,注明瓦西里·库尔久科夫收。每天晚上我躺下休息的时候,都没东西吃,没被子盖,冻得瑟瑟发抖。请您替我的斯捷帕给我写封信吧,它还活着吗,求您照管照管它,替它给我写封信——它的伤腿好了吗,还有两条前腿上的疥疮好了吗,给它钉掌了吗?求求您了,亲爱的妈妈,叶夫多基娅·费奥多罗芙娜,一定在给它洗前腿的时候用肥皂打一打,我把肥皂放在圣像后面了,如果爸爸已经把它用光了,您就到克拉斯诺达尔再买一下吧,上帝不会亏待您的。还要告诉您的是,这里真的很穷,男人们牵上自己的马匹都躲到森林里去了,就是为了逃避我们这些红色骑兵军的勇士,这里很少见到小麦,麦穗还小得可怜,我们都觉得很好笑。当地人种植黑麦,还有我们那里的燕麦。这里的啤酒花都用木架支着,所以长得很整齐,可以用来酿酒。

"接下来我想替爸爸告诉您一些事,说说一年前我的哥哥费奥多尔·季莫菲伊奇·库尔久科夫是怎么被砍死的。我们巴甫利钦柯的红色骑兵军进攻罗斯托夫的时候,我们的队伍里发生了叛变。当时,爸爸在邓尼金部队里任连长一职。有人看见过他,说他佩戴了很多奖章,就像在旧制度下一样。因为那次叛变,我们所有人都沦为俘虏,费奥多尔·季莫菲伊奇被爸爸抓到手里。爸爸就开始刀割费佳(费奥多尔的爱称,译者注),嘴里还骂着:混蛋,红色走狗,狗娘养的,还有一些其他的脏话。直到天黑,费奥多尔·季莫菲伊奇被杀死了。我那时就给您写过信,告诉您,您的费佳的坟墓上还没有十字架。但是爸爸没收了那封信,还骂道:你们都是你娘养的崽,你们都是她那个浪货的种,我把你娘的肚子搞大了,还会继续搞,我这辈子算是毁了,为了真理我要把自己的骨肉都干掉,还有一些其他的脏话。我在他那里遭受的罪就像救世主耶稣基督受到的一样。好在我很快就从爸爸那里逃走了,回到巴甫利钦柯同志带领的部队。我们旅奉命前往沃罗涅日市进行休整,我们在那里得到了补给:战马、背包、枪支和应当发给我们的一切。关于沃罗涅日我可以说说,亲爱的妈妈,叶夫多基娅·费奥多罗芙娜,这座小城棒极了,比克拉斯诺达尔大一点,那里的人长得很漂亮,河水可以洗澡。我们每人每天可以得到两磅面包,半磅肉和不少糖,因此,我们一起床就能喝到甜甜的茶,吃晚饭的时候也可以喝到甜茶,已经忘掉挨饿是怎么回事了,吃午饭的时候,我就上谢苗·季莫菲伊奇哥哥那儿吃煎饼和鹅肉,吃完就躺下歇息。那时,谢苗·季莫菲伊奇因为天不怕地不怕的作战精神,全团上下都希望他能够当团长,布琼尼同志也曾下过那样的命令,还分给他两匹马、上等军装、一辆专门用来拉家具和衣物的拉车以及红旗勋章,而我成了他的兄弟。如今,哪个邻居再敢欺负您,谢苗·季莫菲伊奇完全可以把他给宰了。后来,我们开始追击邓尼金将军,杀了他们几千人,把他们逼到了黑海,但哪儿也没看到爸爸,谢苗·季莫菲伊奇搜遍了所有的前线阵地,因为他太想念费佳哥哥了。但是,亲爱的妈妈,您是了解爸爸的,了解他倔强的脾气,瞧他都干了些什么——真不要脸,竟把红色的胡子染成黑色,换成便装躲在迈伊科普市,所以,没有一个居民知道他正是那个旧制度下的武装者。

可纸终究是包不住火的,您的干亲家尼孔·瓦西里奇偶然间在一个居民家里看见了他,就写信给了谢苗·季莫菲伊奇。我们——我,谢苗哥哥和队里自告奋勇的小伙子们,立刻骑上马,跑了两百俄里去追他。

"我们在迈伊科普市看到了什么?我们发现,后方压根就不同情前线,市里到处发生叛变,住满了犹太人,就像在旧制度下一样。谢苗·季莫菲伊奇在迈伊科普市和犹太人吵得不可开交,那帮人不肯把爸爸交出来,还把他送到了监狱,上了锁,说,接到命令,不能杀俘虏,他们自己会审判他,别着急上火,他会得到应有的惩罚。但是谢苗·季莫菲伊奇还是让他们屈服了,他证明了他是团长,再加上布琼尼同志发的所有红旗勋章,还吓唬他们说,谁为爸爸狡辩,不交出他,就杀了谁,同行的小伙伴们也这样威胁他们。谢苗·季莫菲伊奇一揪到爸爸,就开始一边用鞭子抽打着他,一边让所有的战士在院子里列队,就像排成作战方阵一样。这时,谢苗把水倒在爸爸季莫菲伊奇·罗季奥内奇的胡须上,油彩便顺着胡须流了下来。谢苗向季莫菲伊奇·罗季奥内奇问道:

"'落到我们的手里,您现在好吗,爸爸?'

"'不好受,'爸爸说,'我不好受。'

"这时,谢苗问道:

"'那费佳呢,当您在杀他的时候,他在您手里好受吗?'

"'不好受,'爸爸说,'费佳不好受。'

"这时,谢苗再问道:

"'您想过吗,爸爸,您也会不好受?'

"'没有,'爸爸说,'我没有想过我也会不好受。'

"这时,谢苗转向人群,说:

"'我是这么想的,如果我落到您的手里,您不会饶恕我,现在,爸爸,我们这就了结了您……'

"季莫菲伊奇·罗季奥内奇便冲着谢苗骂娘,骂圣母,还扇了谢苗耳光,谢苗·季莫菲伊奇把我支出了院子,因此,亲爱的妈妈,叶夫多基娅·费奥多罗芙娜,我不能跟您描述,他们如何了结了爸爸,因为我被支出了院子。

"这以后,我们驻扎在新罗西斯克市。关于这个城市,我也可以说一说,在这个城市的后面没有一点陆地,只有一片水域,那就是黑海,我们待在那里直到五月,直到我们出发前往波兰前线,狠狠地教训波兰人为止……

"就此搁笔,您亲爱的儿子,瓦西里·季莫菲伊奇·库尔久科夫。亲爱的妈妈,请照顾好斯捷帕,上帝不会亏待您的。"

这就是库尔久科夫的家书,我一个字都没有改动。当我写完的时候,他拿起写满字的纸,贴身揣进怀里。

"库尔久科夫,"我问这个男孩,"你的父亲凶狠吗?"

"我的父亲是条丧家之犬。"他忧伤地回答。

"母亲好一些?"

"母亲还不错,如果您感兴趣的话,这是我们的全家福……"

他递给我一张磨花了的照片。上面有季莫菲伊奇·库尔久科夫,那个宽肩膀的武装者,戴着制式警帽,络腮胡子整理得端端正正,直挺挺地站着,高耸的颧骨,一双淡色的眼睛很有神,但很愚昧。旁边的竹椅上坐着一位小个子的农妇,身上穿一件加长的上衣,脸上憔悴发亮,还有些许羞怯。而在外省照相馆那简陋的花朵和鸽子的背景墙边上,站立着两个年轻人——身材奇大,笨头笨脑,大长脸,眼珠向外凸起,有些呆板,好像在受训一样。这就是库尔久科夫家的两兄弟——费奥多尔和谢苗。

军马储备处主任

村里一片怨声。骑兵们正在征收粮食,交换马匹。骑兵们牵走能干活的马匹,留下了奄奄一息的战马。这无可指责。没有战马,就没有军队。

但要农民意识到这点并不容易。农民们挤在师部房子外面纠缠不休。

他们牵着靠缰绳支撑的、虚弱不堪的老马。被剥夺了养家糊口的工具的庄稼汉们,感到义愤填膺,但又知道他们的这股勇气只能维持在短时间内,因此,他们不抱有希望地数落长官、上帝和他们可怜的命运。

师部首长Ж(该首长俄文名字的首字母,译者注)身着制服站在门廊边。他闭着发肿的眼睑,聚精会神地听着庄稼汉们的抱怨。但他的注意力只不过是表面敷衍,像任何训练有素、疲劳过度的官员一样,他知道如何偷闲,完全停止他大脑的工作。每逢这些怡然自得的时刻,我们的首长就摇动着他那台破旧的机器。

这次和庄稼汉们在一起也是这样。

在庄稼汉们断断续续、纷乱嘈杂的催眠曲中,首长冷眼旁观脑袋里的一团乱麻如何变成清晰的、有生机的思维。他在等待一个合适的契机,抓住庄稼汉的最后一滴眼泪,草草地反嘲一番,然后回他的师部去工作。

这次连反嘲都不用了。季亚科夫骑着火红色的英国阿拉伯宝马,直抵门廊前,他以前是马戏团演员,现在是军马储备处主任——红皮肤,灰白胡子,披着黑色斗篷,穿着带银色条纹的红色长裤。

"向老实的混蛋们致以修道院长的祝福!"他一边大声喊叫,一边拉住正在奔跑的马儿,就在这时,一匹哥萨克人交换的光秃秃的马在他的马镫下摔倒。

"瞧,主任同志,"一位庄稼汉拍拍自己的裤子,喊叫起来,"看看你们的兄弟给我们兄弟的都是什么……看见没,都给的什么?你让它做事试试……"

"至于这匹马,"这时季亚科夫字字珠玑地讲了起来,"至于这匹马,亲爱的朋友,你完全有资格去军马储备处获得一万五千卢布,如果这匹马的情况更好些的话,那么,亲爱的朋友,你就可以去军马储备处获得两万卢布。但是,如果马倒下去了,这个数目就不够了。如果马倒了下去,还能站起来,那么这匹马还是马;反之,如果它再也不能站起来了,那么就不再是马了。不过,顺便说一句,我看这匹马还挺结实,一定还能站起来……"

"主呀,我大慈大悲的亲娘呀!"庄稼汉挥了挥手,"这个孤儿怎么还能再站得起来……它这个孤儿,死定了……"

"兄弟,你小看这匹马了,"季亚科夫自信满满地回答,"兄弟,你这简直是在亵渎它。"有着匀称的运动员般身材的主任灵巧地跨下马鞍。他伸了伸膝部绑有皮带的漂亮的双腿,富丽堂皇、身手敏捷,就像在舞台上一样,朝那头奄奄一息的畜生走去。那畜生用一只凸起眼球的眼睛忧伤地盯着他,从他红彤彤的手掌上舔去一道无形的命令。就在这时,这匹孱弱无力的马立即从灰白胡须、神采飞扬、英姿勃勃的罗密欧身上感受到了一股神奇的力量。这匹劣马晃动着脑袋,瘫软无力的四蹄打着滑,腹部承受着难以忍受的、威逼的鞭子的抽打,它缓缓地、小心翼翼地站了起来。于是,大家目睹了飘动的袖子里伸出一只纤细的手如何一把抓住肮脏的鬃毛,将鞭子有力地抽向鲜血淋漓的马肋。奄奄一息的劣马摇摇晃晃地站了起来,一双忠犬般的、胆怯的、迷恋的眼睛紧盯着季亚科夫。

"这么说来,它还是匹马,"季亚科夫对庄稼汉说,且温柔地补充道,"可你还在抱怨,亲爱的朋友……"

军马储备处主任把缰绳扔给勤务兵,一步就跨了四级台阶,抖了抖身上戏服般的斗篷,便消失在师部大楼里。

阿波廖克先生

阿波廖克先生美妙而充满智慧的生活让我感到震惊,就像陈年佳酿一样令我沉醉。在诺沃格拉德-沃伦斯克市,在这个很快就被攻破的城市里,蜿蜒曲折的废墟中,命运将一部隐世的福音书扔到我脚下。我被纯洁的光环环绕着,发誓要效仿阿波廖克先生。我把想象中的仇恨,对如猪狗般的恶人的痛苦蔑视,悄然沉醉的复仇之火,奉献给了我的新誓言。

在那个逃走的天主教教士的家里,墙上高挂着一幅圣像。上面的题词写着:"施洗者之死。"我没有丝毫犹豫地认出,施洗者约翰的圣像是按照一个我见过的男人的形象画的。

我记得:有一个夏天,寂静的早晨如蜘蛛般笼罩在笔直的、明亮的墙壁之间。一道阳光笔直地射在圣像基座旁。闪闪发光的尘埃在它周围飞舞着。约翰修长的身影从幽蓝的壁龛深处降临到我身上。黑色的斗篷庄严地挂在这个无情的而又骨瘦如柴的身躯上。斗篷的圆纽扣上闪着血滴。约翰的脑袋被人从皮开肉绽的脖子上斜砍了下来,躺在一只瓦盘上,被战士用粗粗的黄色手指牢牢抓住。这个死人的脸看起来很熟悉。神秘的预兆让我的心为之一震。瓦盘上的死人头,是按照逃跑的天主教教士的助手罗姆阿里德先生画的。一条小蛇悬挂在他咧着笑的嘴上,鳞片闪闪发光。它的头部是柔和的粉红色,强有力地衬托着斗篷的深色背景。

我惊叹于画家的艺术及其阴郁的构思。更令人惊讶的是,第二天,我见到一幅画着面颊绯红的圣母的画像悬挂在老教士的管家艾丽莎太太的双人床上方。两幅画布都盖着相同的印章。圣母的胖脸——就是艾丽莎太太的肖像。这时,我就快解开诺沃格拉德市圣像画之谜的谜底了。这个谜将我带到了艾丽莎太太的厨房,每逢芬芳的夜晚,这里就聚集着古老的奴隶制波兰的幽灵,为首的是一位糊涂的画家。傻瓜阿波廖克先生也在里面吗?这个使郊区村庄住满天使,让雅涅克成为圣徒的画家。

三十年前的一个阴霾密布的夏日,他和瞎子戈特弗利德来到这里。两个朋友——阿波廖克和戈特弗利德——走进位于罗夫诺公路上的什麦列尔酒馆,酒馆距离市区两俄里。阿波廖克右手提着一个颜料箱,左手牵着盲人手风琴演奏者戈特弗利德。他们穿着钉着铁钉的德国靴子,走起路来发出平静而充满希望的声音。一条浅黄色的围巾挂在阿波廖克的脖子上,三根巧克力色的羽毛在瞎子的蒂罗尔帽子上摇曳。

两个人把颜料箱和手风琴放在小酒馆的窗台上。画家解开长长的围巾,围巾长得像集市上魔术师的魔带一样。然后画家走进院子,脱光衣服,用冰冷的水浸湿了他粉红色的、瘦长虚弱的身体。什麦列尔的妻子给客人们拿来了葡萄干伏特加和一碗米馅肉卷。

酒足饭饱后,戈特弗利德小心翼翼地把手风琴搁到瘦骨嶙峋的膝盖上。他叹了一口气,甩了甩头,移动起了他瘦弱的手指。于是,海德尔堡乐曲的旋律在这个犹太小酒馆的墙壁间回荡。阿波廖克用颤抖的声音和着琴声唱起来。这一切看起来好像是圣英捷吉尔达教堂的管风琴被带到什麦列尔的小酒馆里,由两个穿着花里胡哨的棉坎肩和钉了钉的德国靴子的缪斯肩并肩坐在一起弹奏着。

两个客人一直唱到黄昏,然后他们把手风琴和颜料箱放进帆布袋中,阿波廖克先生向小酒馆的老板娘勃拉伊娜深深鞠了一躬,并递给她一张纸。

"亲爱的勃拉伊娜太太,"他说,"请接受一位流浪艺术家,一位受洗过的,教名为阿波里纳利亚的基督教徒给您画的画像,它既代表我们的感激,也是您热情好客的证明。如果上帝耶稣能够让我多活几年,并提升我的艺术修养,我将回来给这幅肖像画加上颜色。我会在您的头发上缀满珍珠,在您的胸前挂上一条祖母绿项链……"

在那张小纸片上,用红色铅笔,像黏土般柔软的红色铅笔,描绘了勃拉伊娜太太笑盈盈的脸庞和金铜色的卷发。

"我的钱!"看到妻子的肖像后,什麦列尔大喊着。他抓起一根棍子,拔腿就去追赶客人了。但在半路上,什麦列尔回忆起阿波廖克冷水冲洗下的粉红色的身子,院子里洒落的阳光和安静的手风琴声。什麦列尔恻隐之心油然而生,放下棍子,回家去了。

第二天早上,阿波廖克把慕尼黑美术学院颁发的毕业证书和以《圣经》为主题的十二幅画作呈交给诺沃格拉德市的天主教教士。这些画作是用油彩画在薄薄的柏木片上的。神父看到紫红色的圣衣出现在自己的桌子上,翡翠般碧绿的原野闪闪发光,花丛密布的巴勒斯坦平原五彩缤纷。

阿波廖克先生笔下的一群欢腾而质朴的圣人,灰白胡子,红色脸庞,跻身在绫罗绸缎和规模宏大的晚宴之中。

当天,阿波廖克先生就收到了一个为新教堂画画的订单。神父喝了法国甜酒后对画家说:

"圣母玛利亚,"他说,"亲爱的阿波里纳利亚先生,您的大恩大德是从哪个奇妙的地方降临到我们身边的啊?……"

阿波廖克全身心地投入工作中,一个月后,新的教堂里到处都是咩咩叫的羊群、黄昏金色的烟霞和乳牛淡黄色的乳头。水牛的皮磨得模糊不清,被架上了拉套,粉红色的牧羊犬在羊群前面奔跑,躺着胖嘟嘟的婴儿的摇篮悬挂在笔直的棕榈树的树干上,摇晃着。方济各会修士的棕色法衣包围着摇篮。一群占卜的人,顶着闪闪发光的秃头,血色的皱纹像一道道伤口。在占卜的人群中,还有利奥十三世那张挂着狐狸般狡邪笑容的老巫婆般的嘴脸,以及诺沃格拉德的教士本人,他一只手逐个触摸着中国的雕饰念珠,另一只手闲着,在为重获新生的耶稣祈祷。

连续五个月,阿波廖克像粘在他的高脚木凳上,沿着墙壁、圆顶和长廊爬行。

"亲爱的阿波廖克先生,您偏爱画对你来说熟悉的面孔。"有一天,教士得知自己被画成一个占卜家、罗姆阿里德先生被画成砍下头颅的约翰后,对阿波廖克说。他笑了笑,年老的神父,给在圆顶下工作的画家送了一杯白兰地。

后来,阿波廖克结束了《最后的晚餐》和《受石崩之惊的抹大拉的玛利亚》两幅壁画的创作。一个星期天,他揭开了彩绘墙。在天主教教士的邀请下,各路名流前来参观,他们看出画中把瘸子巴维尔·雅涅克画成圣徒保罗,画成玛利亚·玛格达琳娜的是艾丽卡——父母不明、自己又有一大群流浪儿的犹太女孩。名流们吩咐把这些亵渎神明形象的画遮盖起来。教士对亵渎神灵者大加威胁。但是阿波廖克并没有遮上彩绘墙。

由此,强大的天主教会一方与漫不经心的圣像画家一方之间闻所未闻的战争一触即发。这场战争持续了三十年。它几乎把温顺的画家推上了异教创始人的地位。如果真是这样,他将是温顺而又乱暴的罗马教会史上最复杂和最荒谬的斗士,一个整日怀里抱着两只小白鼠、兜里插着一捆画笔、醉醺醺地四处游荡的人。

"十五个兹罗提画一幅圣母像,二十五个兹罗提画一幅圣者的全家福,五十个兹罗提画一幅最后的晚餐,带上顾客及所有亲属的肖像。外加十个兹罗提,还可以把买家的敌人用加略人犹大的形象描绘出来。"阿波廖克在被驱逐出新教堂后,向周围的农民兜售自己的画作。

来买他的画的人络绎不绝。一年之后,在诺沃格拉德市的教士的一封封言辞激烈的信件的召唤之下,日托米尔市的主教委员会来了。委员会在肮脏不堪、臭气熏天的小屋中发现了这些亵渎神明的合家欢肖像画,尽管粗糙幼稚,但却有艺术表现力。约瑟(耶稣的养父,木匠。与前文中施洗者约翰、抹大拉的玛利亚等均为《圣经》中的人物,译者注)们把灰白色的头发从中间向两边梳开,耶稣们涂满了香膏,玛利亚们都把膝盖叉开,成了生育一大堆孩子的村妇——这些圣像挂在红色的角落里,周围被纸花环环绕着。

"你们还活着,他就叫你们成了圣徒!"杜布纳和新康斯坦丁教区的副主教大喊着,朝着那些为阿波廖克辩护的人群,"他用圣像非言语能形容的特征糊弄你们,可你们是什么人,三次犯了罪孽的人,是秘密酿酒师,贪婪的放债人,制造假秤的工人和出卖自己女儿贞操的无耻之徒!"

"尊敬的神父大人,"这时,一位赃物的买主,也是墓地守望者,瘸腿的维托尔德对副主教说,"大慈大悲的上帝先生看到真相是什么,谁能把这个告诉无知的人们?在阿波廖克先生的画作中,满足了我们骄傲的真理,不是比你充满亵渎和愤怒的言语里的真理来得多吗?"

人群的怒吼把副主教逼走了。郊区的人心威胁着教堂神职人员的安全。那位被请来顶替阿波廖克的艺术家不敢涂掉艾丽卡和跛脚的雅涅克。如今,依然可以在诺沃格拉德教堂的侧祭坛上看到他们:由巴维尔·雅涅克画成的圣徒保罗,一个畏首畏尾的瘸子,满脸黑色的络腮胡子,农村二流子形象,还有她,被画成玛格达琳娜的是虚弱疯狂的、有舞者身段的、脸颊凹陷的荡妇。

与教士的斗争持续了三十年。后来,哥萨克的洪水将老修士从他的石头砌成的、香气缭绕的巢穴中驱逐出去了,而阿波廖克——命运真是变幻莫测!被安顿在艾丽莎夫人的厨房里。于是在这里,我,一个匆匆的过客,一到晚上便如饮甘露地与他闲聊了。

都聊些什么呢?贵族的浪漫时代,女人狂热的愤怒,艺术家路加·德尔·拉比奥以及来自伯利恒的木匠(即前文中的约瑟,耶稣的养父,译者注)家庭,都是我们聊天的话题。

"我有话要对文书先生你讲……"阿波廖克在晚餐前神秘兮兮地通知我。

"好的,"我回答,"好的,阿波廖克,我在听着呢……"

但是,教堂服务员罗巴茨基先生,严厉、无知、骨瘦如柴、耳大如驴,一直盯着我们,离我们太近了。他在我们面前徘徊,沉默不语,充满敌意。

"我必须对先生你说,"阿波廖克低声说道,然后把我拉到一旁,"耶稣,玛利亚的儿子,曾经与黛博拉结婚,黛博拉是一个耶路撒冷的平民少女……"

"噢,这个家伙!"罗巴茨基先生绝望地喊道,"这个家伙不得寿终正寝……这个家伙会被人打死……"

"晚饭后,"阿波廖克声音低沉地说道,"饭后,如果先生愿意听的话……"

我愿意听。阿波廖克的故事开端吊足了我的胃口,我正在厨房里踱步,等待令人垂涎的时刻的到来。窗外夜幕降临,就像一根黑色的柱子,生机勃勃、幽暗漆黑的花园僵硬麻木。月光下,通往教堂的路像一条乳白色、闪闪发光的溪流。大地覆盖着朦胧的光芒,亮闪闪的果子如项链般挂在灌木丛中。百合的气味纯净而浓烈,就像酒精一样。这种新鲜的毒气扼住了炉灶油腻和沸腾的气息,驱走了厨房里云杉散发的树脂热气。

阿波廖克打着粉红色蝴蝶结,穿着破旧的粉红色长裤,在他的角落里摸索着,就像一头善良而优雅的动物。他的桌子上涂满了胶水和油彩。这位老人工作时动作小而频繁,从他的角落里传来轻微和细碎的沙沙声。老戈特弗利德用他颤抖的手指敲打着。这个瞎子一动不动地坐在昏黄的、油彩般的灯光下。他歪着秃脑袋，聆听他盲人无休止的音乐和永远的朋友阿波廖克的喃喃细语。

"……神父和《马可福音》《马太福音》所说的都不是真的……但我可以告诉文书先生您真相，如果您可以给五十马克，我还可以为您画一幅在绿草和天空的背景下以幸福的方济各为模板的肖像画。圣人法兰西斯（又译为"方济各"，方济各会创始人，译者注）是一个非常纯粹的圣人。如果文书先生您在俄罗斯有一个新娘……女人都喜欢幸福的法兰西斯，虽然不是所有的女人，先生……"

于是，在弥漫着云杉气味的角落里，耶稣和黛博拉结婚的故事开始了。根据阿波廖克的说法，这个女孩本来有一个未婚夫。她的未婚夫是一个年轻的以色列人，是做象牙生意的。但是黛博拉的新婚之夜以迷茫和泪水告终。当她看到丈夫一步一步走近她的床时，她恐惧极了。她打了一个嗝，冲破了她的喉咙，她吐了在婚宴上吃的所有东西。黛博拉和她的父母以及她的整个家族都感到羞耻。新郎撇下她，并召集所有的客人嘲笑了她。然后，耶稣看到一个渴望丈夫又惧怕丈夫的女人一脸倦怠，便穿上了婚服，满怀怜悯地与躺在呕吐物里的黛博拉圆了房。后来，黛博拉向宾客们走去，她大声地庆贺着，为自己破处而自豪。只有耶稣站在一边。他身上淌出了死亡的汗水，蜜蜂般的痛苦在叮咬着他的心。谁都没有注意到，他离开了宴会厅，退到了犹太以东的荒漠，圣徒约翰在那里等他。接着黛博拉生出了第一个儿子……

"他在哪儿？"我叫了起来。

"教士把他藏起来了，"阿波廖克一本正经地说道，并将他枯瘦、怕冷的手指指向他醉鬼的鼻子。

"画家先生,"罗巴茨基突然喊道,从黑暗中站了起来,带着灰色的耳朵一起移动,"你在胡说八道些什么啊?简直不可思议……"

"是啊,是啊,"阿波廖克缩成一团,抓住了戈特弗利德,"是啊,是啊,先生……"

他把瞎子拖到门口,但走到门槛时,他停住脚步,用手指向我示意。

"幸福的法兰西斯,"他眨了眨眼睛,低声说,"袖子上是一只小鸟,或是一只鸽子,或是金翅雀,文书先生您愿意怎样就怎样……"

他和他永远的盲人朋友一起消失了。

"哦,笨蛋!"这时,罗巴茨基,教堂的服务生说道,"这个家伙不得寿终正寝……"

罗巴茨基先生张大嘴巴,像猫一样打着哈欠。我与他告别,然后离开回家睡觉了,回到被洗劫一空的犹太人那里。

流离失所的月亮在城市上空徘徊。我和它结伴而行,借此温暖我心中不易完成的梦想和不合时宜的歌曲。

意大利的太阳

昨天我又在下房，和艾丽莎太太坐在用绿色云杉树枝编成的被烤得热热的花环下面，一只温暖的、生机勃勃的、烧得噼里啪啦响的暖炉放在我身边，直到深夜，我才回到自己的住处。在陡崖下，静静的兹布鲁奇河泛起黑漆漆宛若玻璃般的波浪。

被烧毁的城市——破碎的柱子，犹如邪恶的老太婆抠到地里的小指——我觉得似乎正向空中升起，像梦一样前所未有的舒适。月亮的光辉照射着城市，闪耀着无穷无尽的力量。废墟上蒙了一层霉菌，像歌剧院长凳上的大理石花纹一样绽放。我怀着忐忑的心情等待从云层后面走出罗密欧，肌肤如缎面般地唱着爱情的罗密欧，而这时，幕后的一个沉闷的灯光师将手指正放在月亮的开关上。

一条条深蓝色的道路从我身边流过，就像从许多乳房中喷洒的奶汁一样。在回家的路上，我很害怕与我的同室西多罗夫见面，在每天晚上，他那忧伤的情绪就会像毛乎乎的爪子一样挠心。幸运的是，在这个被月光乳汁撕成碎片的晚上，西多罗夫一言不发。他正被书覆盖着，写着东西。一支驼着背的蜡烛在桌上冒着烟——这是一个梦想家可怕的火焰。我坐在一边，打着瞌睡，梦境像小猫似的跳来跳去。直到深夜，我才被一个将西多罗夫召集到师部的勤务兵吵醒。他们一起离开了。然后我跑到西多罗夫正在写东西的桌子旁，翻阅书本。这是意大利语的自学教程，插图画的是古罗马广场遗迹和罗马市平面图。平面图上标有十字架和点点的记号。我俯身靠在密密麻麻的书写纸上，心跳得厉害，一边掰着手指，一边读完了别人的信。西多罗夫，一个悲伤的凶手，把我粉红色棉絮般的想象撕成了碎片，将我拖进一个思维健全的疯人的走廊里。这封信是从第二页开始的，我不敢寻找开头的那页：

"……半个肺给刺破了，人就开始有点儿疯狂了，或者，正如谢尔盖所说，他的思绪消失了。事实上，也不可能从这个蠢货身上消失。先把玩笑话放一边……还是言归正传吧，我的朋友，维多利亚……

"我参加了为期三个月的对马赫诺的追捕——这是一场单调乏味的骗局，仅此而已……只有沃林仍在那里。沃林穿着使徒长袍，由无政府主义者一下儿变成了列宁派。太可怕了。可首领却听了他的话，抚摸着自己满是灰尘、宛如钢丝般的鬈发，从腐烂的牙齿缝里挤出庄稼汉般的笑脸。现在我都不知道这一切是否掺杂着无政府主义的状态，我们是不是没有把你们一切顺心的鼻子擦干净，这些在自封的首都哈尔科夫自封的中央委员们。你们这些直爽的朴实人如今不喜欢回忆他们无政府主义的青年时代所犯的罪恶，相反，从国家智慧的高度，对这类罪恶加以嘲笑——该死的见鬼去吧……

"然后我到了莫斯科。我是怎么到莫斯科的呢?这些家伙因为强征和其他一些事情冒犯了某人。我,一个懦夫,站出来见义勇为,却遭了一顿打——活该。伤倒不值一提,但是在莫斯科,唉,维多利亚,在莫斯科遭到的不幸把我吓坏了。医院的护士每天给我端来一点稀饭。他们毕恭毕敬地用大托盘把稀饭递给我,我讨厌死了这应付紧急情况的稀饭,恨死了计划外供应和计划内供应的莫斯科。后来,在苏维埃,我遇见了一小伙无政府主义者。他们不是纨绔子弟,就是疯癫老头儿。我带着一份目前的工作计划来到了克里姆林宫。他们对我夸奖有加,如果我把计划加以修改的话,他们承诺给我一个副职。我没有修改。接下来发生了什么呢?结果我被发配到前线当骑兵军,散发出潮湿的鲜血和尸体的难闻味道。

"救救我吧,维多利亚。国家智慧让我发疯,无聊让我酩酊大醉。您如果不救我,我就真的别无他法了,只能一死。谁想要一个工作人员如此混乱地死去呢,您不会愿意,维多利亚,我的永远不会成为妻子的未婚妻。瞧,我又要思前想后了,让思前想后见他妈的鬼去吧……

"现在我们来谈谈正经事吧。在军队里我实在是无聊至极。因为受伤了,我不能骑马,也不能打仗。维多利亚,请利用您的影响,让他们把我送到意大利去吧。我正在学习意大利语,两个月后就能说意大利话了。在意大利,土地正在燃烧。一切都准备好了。就差两枪了。我会来打其中的一枪。我要把国王送到他的先辈那里去。这至关重要。他们的国王是个享有声望的大叔,人气很高,为了把照片展示在家家户户都阅读的杂志上,他同驯服的社会党人一起合影。

"在中央委员会,外交人民委员部,您就不要谈论开枪,谈论国王了。他们肯定会拍拍您的头,然后慢条斯理地说:'一个浪漫主义者。'您就直接告诉他们:他病了,总是生气,因为烦恼总是整天醉醺醺的。他想要意大利的太阳和香蕉。他够格还是不够格呢?就说是去治病吧。如果不行,就调他到敖德萨的契卡去……那里倒也非常合适的……

"我写得多么笨拙,多么自不量力,多么无知,我的朋友,维多利亚……

"意大利让我鬼迷心窍。一想起这个素未谋面的国家,我就感到无比甘甜幸福,就如同女人的名字一样,就像您的名字那样甘甜,维多利亚……"

我读完这封信后,躺到我那张塌陷的不干净的床上,却没有一丝睡意。墙后面响起了怀孕的犹太女人真诚的哭声,她瘦长的丈夫嘟嘟囔囔地回应着她,像是在呻吟。他们在回忆被抢走的家具,并因不幸而相互埋怨。后来,就在黎明快要到来的时候,西多罗夫回来了。桌上的蜡烛就快要烧完了。西多罗夫从靴子里拿出另一支蜡烛,愁肠寸断地将它接到正往下滴着油的蜡烛上。我们的房间漆黑、阴沉,一切都在夜间散发着潮湿的恶臭,只有那充满月光的窗户闪耀着光芒,像是一种解脱。

他走进来了,把信藏了起来,我那折磨人的同室。他佝偻着腰,坐到桌旁,打开罗马市的画册。这本烫金边的华丽书籍摊开在他橄榄色的毫无表情的脸面前。在他弓状的背上闪耀着卡皮托利尼山丘上的锯齿状废墟和夕照辉映下的竞技场。一张王室的照片夹在大开本里光滑的页面之间。这张照片是从小开本的日历上撕下来的,印着和蔼、孱弱的维克多·伊曼纽尔国王与他的黑发妻子、王储翁贝托和一群公主。

……这是一个充满遥远和痛苦的钟声的夜晚,潮湿的黑暗中有一方亮光——亮光下是西多罗夫那张死人般的脸,像是一副毫无生机的面具悬挂在昏黄的烛火下。

基大利

每逢星期六前夜，我总要被回忆的悲伤折磨。在这些晚上的某个时候，我的祖父以黄色胡须摩挲着伊本·埃兹拉的卷集，戴花边头饰的老太太把纤细的手指伸在星期六的蜡烛上占卜，甜蜜地大声哭起来。在这些夜晚，一颗孩童的心就像迷人波浪上的船一样摇摆不定……

我在日托米尔市转悠，寻找那颗胆怯的星星。古老的犹太教堂旁，在黄色的、冷漠的墙根下，一些年纪大的犹太人出售粉笔、蓝靛粉和灯芯，他们蓄着先知式的络腮胡子，凹陷的胸前裹着复活节前一个礼拜的褴褛衣衫……

我的面前是集市和集市的死亡。油腻的灵魂被铲除了。沉默的锁头挂在摊位上，路面和花岗岩桥面像死人的秃头一样干净。它眨了眨眼，又熄灭了——那颗怯懦的星星……

好运来得稍晚一些，在日落之前我终于成功找到了那颗星星。基大利的商店藏在紧密封闭的贸易商行中。狄更斯，那天晚上你的影子在哪里？你会在这家商店看到古董镀金鞋和船上的绳索、古老的指南针和鹰鹫的标本、刻有日期"1810年"的温彻斯特来复枪和破铁锅。

在玫瑰色的暮色中，上了年纪的基大利围着自己的宝贝们踱来踱去——这位身材矮小的店主，戴着一副烟色眼镜，穿着一件绿色的拖地礼服。他揉搓着白净的双手，捻着灰色的胡须，低垂着头，倾听着传来的隐形之声。

这个商店就像一个百宝箱，它属于一个好奇而又傲慢的男孩，而他长大后将成为一名植物学教授。在这个商店里，既有纽扣，又有蝴蝶标本。主人的名字叫基大利。大家都离开了集市，基大利留了下来。他在地球仪、头颅骨和花朵标本的迷宫中踱着步，挥动着五颜六色的鸡毛掸子，拂去花朵标本上的灰尘。

我们坐在啤酒桶上。基大利卷起又松开狭长的络腮胡子。他的大礼帽像一座黑塔一样在我们上方摇摆。暖气从我们身边流过。天空变幻着颜色。在上空，似乎有一只瓶子翻倒，从里面流淌出温柔的血液，一股轻微的腐烂气味笼罩着我。

"革命——让我们对它说'行'，但我们会否对星期六说'不'呢？"基大利由此打开话题，并用他那副烟色眼镜中射出的光将我包围。"'行，'我冲着革命尖叫着，'行。'我向它尖叫，但它却避开基大利，只向前发射……"

"闭着的眼睛阳光是跑不进去的，"我回答老人说，"但我们会打开闭着的眼睛……"

"波兰人合上了我的眼睛，"老人低声说，几乎都听不见，"波兰人是恶狗。他们带走了犹太人，拔掉了他们的胡子，——唉，疯狗！

现在他们正在被殴打,恶狗。太棒了,这是一场革命!后来,一个揍波兰人的人和我说:'把你的留声机交给我去注册,基大利……''我喜欢音乐,先生们。'我回答革命说。'你不知道你喜欢什么,基大利,我会向你开枪的,然后你才会知道你喜欢什么,我会忍不住开枪的,因为我是一场革命……'"

"它会忍不住开枪的,基大利,"我告诉老人,"因为它是一场革命……"

"但是波兰人开枪了,我亲爱的先生,因为他是反革命。你们开枪是因为你们是革命。革命是让人乐在其中的。既然是快乐的事,就不会让人变成孤儿。好人做好事。革命是好人做的好事。但是好人不会杀人。所以革命是由邪恶的人造成的。但波兰人也是邪恶的人。谁能告诉基大利,革命在哪里?反革命在哪里?我曾经教过《塔木德》,我喜欢拉希的评注和迈蒙尼德的书。在日托米尔市还有其他知书达理的人。而现在,我们所有人,学识渊博的人,我们都跪在地上,大声喊叫:我们遭殃了,甜蜜的革命在哪里啊?……"

老人沉默了。我们看到第一颗星出现在银河旁边。

"星期六即将来临,"基大利一本正经地说,"犹太人要去教堂了……先生,"他起身说道,大礼帽就像一座黑塔在他的头上晃动了一下,"您把一些好人带到日托米尔市来吧,唉,我们的城市好人太少了,啊,缺少好人啊!带上好人,我们会给他们所有的留声机。我们不是无知的人。共产国际……我们知道共产国际是什么。我希望有好人的共产国际,我希望每个人都能登记在册,并按照第一等级给予口粮。在这里,每个人都有的吃,还可以享受生活的乐趣。

先生,您不知道,人们是就着什么吞食了共产国际……"

"就着火药,"我回答老人说,"还蘸着最新鲜的血液……"

这时,含苞待放的星期六从蓝色的幽暗中登上了它的宝座。

"基大利,"我说,"今天是星期五,已经到晚上了。我在哪里可以得到一块犹太蜜饼儿,一杯犹太茶,再在茶里加点已经退位的神?……"

"没有,"基大利一边在他的百宝盒上挂一把锁,一边回答我,"没有。旁边有一家小酒馆,里面做生意的都是好人,但那里没东西吃,有的只是哭声……"

他用三个骨制纽扣扣住了他的绿色拖地礼服。他用鸡毛掸子拍了拍全身上下,又往柔软的手掌上泼了些水,便转身离开了——这位身材矮小、孤独寂寞、富于幻想的人,戴着黑色大礼帽,腋下夹着一本厚厚的祈祷书。

星期六就快要来临了。基大利——不可实现的共产国际的创始人——往犹太教堂做祈祷去了。

我的第一只鹅

第六师的师长萨维茨基看到我后,站起身来,他魁梧健美的身材让我感到惊讶。他站起身来,穿着紫色的马裤,戴着一顶歪到一边的深红色帽子,挂在胸口的一堆勋章,把房子切成两半,就像军旗把天空给割开了一样。他身上散发着香水味和甜美凉爽的肥皂味。他的两条腿就像姑娘包裹在锃亮的齐膝长靴里一样美丽修长。

他对我报以微笑,用鞭子抽了一下桌子,把师部首长刚刚口述的命令拿了过来。这是下达给伊万·切斯诺科夫的命令,命他率所在团向丘古诺夫—多布雷沃特卡方向前进,如遭遇交战,则悉数消灭敌军……

"……特将这项歼灭敌军的任务,"师长开始写起来,整张纸都被写满了,"一切交给切斯诺科夫同志全权负责,而切斯诺科夫同志只有我才可以对他原地枪决,您,切斯诺科夫同志,和我一起在前线并肩作战已经不止一个月了,对此应当毋庸置疑……"

师长在命令上签下龙飞凤舞般的名字,接着把命令扔给勤务兵,然后将他那灰色的眼睛转向我,眼里满是欢乐在跃动。

我把调到师部的文件递给他。

"执行命令!"师长说,"按命令执行吧,你想去哪儿就去哪儿吧,除了前线,你识字吗?"

"识字,"我回答说,我很羡慕这个年轻人的刚强和活力,"我是彼得堡大学的法学副博士……"

"原来是个书生啊,"他笑着喊道,"鼻子上还架着眼镜。看你多讨厌!他们没问我,就把你这号人给派来了,在我们这儿有专门整戴眼镜的。你和我们住一阵子吗,嗯?"

"住上一阵。"我回答道,然后便跟着设营员一起去村里寻找住处了。

设营员把我的小箱子扛在他的肩膀上,村庄的小路在我们面前伸向远方,圆环形的,黄黄的,像南瓜一样,垂死的太阳在天空中散发出玫瑰色的气息。

我们走到一所绘有花环的小屋跟前,设营员停了下来,突然带着愧疚的笑容说道:

"我们这里的人专找戴眼镜的麻烦,劝阻不了。功劳再大的人在这里也受不了。您要是搞一个最干净的女人,那么战士们就会对您亲近了……"

他把我的小箱子背在肩膀上犹豫不决,不知道往哪里放,走到我跟前,然后绝望地跑开,跑进了第一个院子里。哥萨克人坐在干草堆里,互相刮胡子。

"瞧,战士们,"设营员把我的小箱子放到地上,"根据萨维茨基同志的命令,你们必须接纳这个人住在这里,不得无礼,因为这个人接受过高等教育……"

设营员满脸通红,头也不回地转身离开了。我举手向哥萨克人敬了个礼。一个披着亚麻色头发、长着一张美丽的梁赞脸庞的年轻小伙子走到我的小箱子前面,把它扔出了大门。然后他转过身,把屁股对着我,用一种特殊的技巧开始发出下流的声音。

"零零号大炮,"一位稍年长的哥萨克边对着他喊,边笑起来,"向逃兵开炮……"

那个家伙用尽了他那并不高明的本事,便离开了。然后,我趴在地上,开始收集从小箱子里散出来的手稿和磨损的衣物。我收好箱子,并把它拿到院子的另一侧。小屋旁的砖头上有一口锅,锅里炖着猪肉,热气腾腾,就像遥远故乡的村子里飘出的炊烟一样,史无前例地勾起了我的饥饿和孤独。我用干草盖住我摔坏的箱子,用它做了一个枕头,然后躺在地上,阅读《莫斯科真理报》上列宁在共产国际第二次代表大会上的演讲。阳光穿过锯齿状的小丘,落在我身上,哥萨克人在我的腿边走来走去,那个年轻的家伙没完没了地取笑我,我最喜欢的文字沿着一条充满荆棘的道路向我走来,却无法到达。于是,我放下报纸,去找正在门廊下搓线的女房东。

"房东,"我说,"我要吃东西……"

这位老太太抬起半瞎眼睛的凸眼珠看了看我,然后又低下眼睛。

"同志,"她停顿了一下,说,"说到这些事情,我就想上吊。"

"去你妈的,"我愤怒地喃喃道,一拳捶在老太婆的胸口,"你敢和我说这种话……"

然后,我转过身去,看到一把别人的马刀扔在不远处。一只神情严肃的鹅在院子里漫步,安静地清理羽毛。我追上它,弯下腰,一脚踩住鹅头,在我的靴子下面鹅头咔嚓一声断开,鲜血直冒。白色的脖子被踩在粪便中,死鹅的翅膀还在来回扑腾。

"去你妈的,"我一边说,一边用马刀拨弄着鹅,"拿去烤了,房东。"

那个半瞎的戴着眼镜的老太婆提着鹅,把它裹在围裙里,然后拖到厨房。

"同志,"她停顿了一下,说,"我真想上吊。"说完,关上了身后的门。

在院子里,哥萨克人已经坐在他们的锅旁。他们一动不动地笔直坐着,像牧师一样,并没有看鹅一眼。

"这个家伙对我们胃口。"其中一个人议论着我,眨了眨眼睛,舀起一匙汤。

哥萨克人开始吃起晚餐,像内敛优雅的庄稼汉们彼此尊重,我用沙子把马刀擦了擦,朝大门外走了过去,又憔悴不堪地回来。月亮像一只便宜的耳环一样在院子的上空悬挂着。

"兄弟,"哥萨克里最年长的苏罗夫科夫突然对我说,"在你的鹅烤熟前,要不先坐下来和我们一起吃吧……"

他从靴子里取出一把备用勺子递给我。我们喝光了自己烹煮的汤,也吃光了所有的猪肉。

"他们在报纸上写了什么?"那个亚麻色头发的家伙问我,给我挪出一块空地来。

"列宁在报纸上写道,"我一边说着,一边拿出《莫斯科真理报》,"列宁写道,我们什么都缺……"

我像一个得意的聋子一样,大声地给哥萨克人读完了列宁的演讲。

夜晚用暮色把我包裹在清新爽人的湿润中,把母亲的手掌放在我燃烧的额头上。

我朗读着报纸,欣喜若狂,兴奋地捕捉着列宁演讲中的弦外之音。

"真理让每一个鼻孔发痒,"我读完报后,苏罗夫科夫说,"要把真理从一堆乱七八糟的东西里找出来确实很难,可它就像鸡啄米一样,一啄一个准。"

师部骑兵连排长苏罗夫科夫如此评论列宁,然后我们去干草棚睡觉。我们六个人睡在一起,挤在一起彼此温暖,腿缠在一起,草棚顶上尽是一个个任星光穿过的窟窿。

我做梦了,还梦见了女人,只有我的心被杀戮染红,呻吟着,流着血。

拉　比

"……一切终有一死。只有母亲注定是永生的。当母亲离世的时候，她留下的记忆，是没有人可以玷污的。对母亲的回忆让我们心中充满怜悯，就像海洋，浩瀚的海洋一样，把水注入分割世界的江河……"

这是基大利说的。他说这些话的时候一本正经。在一个昏黄的夜晚，玫瑰色的烟霞围绕着他。老人说：

"哈西德派（犹太教虔修派别和神秘主义团体。译者注）充满激情的建筑连门窗都没有了，但它是不朽的，就像母亲的灵魂一样……在历史风暴的十字路口，哈西德仍然流着泪……"

基大利在犹太教堂祈祷之后，这样说道，他带我去见了拉比（意为"老师""先生"。原为犹太人对师长的尊称。后指犹太教中学过《圣经》和《塔木德》，负责执行教规、律法并主持宗教仪式的人。译者注）穆塔雷，这是切尔诺贝利王朝的最后一个拉比。

我和基大利沿着主干道往上走去。白色的教堂在远处闪光，像荞麦田一样。大炮的轮子不时在拐角处呻吟。两个怀孕的乌克兰女人走出大门,脖子上的珠串叮当作响,在板凳上坐了下来。那颗胆怯的星星在红色的晚霞中点亮,安静,星期六的安静笼罩在日托米尔市贫民区歪歪斜斜的屋顶上空。

"就在这里。"基大利低声说道,指着一间长长的、山墙破旧的屋子。

我们进入房间——石砌的、空荡荡的房间,像停尸房一样。拉比穆塔雷坐在桌旁,被一群狂人和骗子包围着。他头戴一顶紫貂帽,身穿一条白色长袍,腰间系着一根绳子。拉比坐着,闭着眼睛,用纤细的手指拨弄着黄色绒毛般的大胡子。

"犹太人,来自哪里?"他抬起眼皮问道。

"来自敖德萨。"我回答道。

"是个虔诚的城市,"拉比说,"是我们的流亡之星,我们灾难的苦水啊!犹太人,是做什么的?"

"我将奥斯特罗波尔的赫尔萨奇遇记改写成诗歌。"

"很棒的工作,"拉比闭上了他的眼皮,低声说道,"饥饿时豺狼呻吟,每个傻瓜都有足够的愚蠢、气馁,只有智者才会用笑声撕掉生命的面纱……犹太人,都学过什么?"

"《圣经》。"

"犹太人,在寻找什么?"

"快乐。"

"穆尔德海老师,"这位哈西德派的长老摇了摇胡子,说,"让年轻人坐到桌旁,让他在周六晚上和其他犹太人共进晚餐,让他为自己活着而不是死了高兴,让他在邻居跳舞时鼓掌,如果有人给他倒酒，就让他喝……"

穆尔德海老师蹦跶到我面前，这是一个眼皮外翻、驼背的老人，个子还不及一个十岁的男孩，以前是领主府邸的小丑。

"哦，我亲爱的年轻人！"衣不蔽体的穆尔德海老师向我眨了眨眼。"哦，我在敖德萨认识多少富有的傻瓜，我在敖德萨认识多少可怜的圣贤！坐到餐桌旁来，年轻人，喝酒吧，不会有人给你倒的……"

我们坐在一起——狂人、骗子和凑热闹的人。在角落里，一群宽肩膀的犹太人，就像渔民和使徒一样，捧着祈祷书呻吟着。穿着绿色拖地礼服的基大利，像一只五彩斑斓的小鸟一样，靠在墙边打着瞌睡。突然间，我看到一个年轻人在基大利的身后，他长着一张斯宾诺莎（荷兰哲学家。生于阿姆斯特丹的犹太商人家庭。因反对犹太教教义而被开除教籍。译者注）的脸庞，斯宾诺莎刚强的额头，脸却如修士一样虚弱憔悴。他抽着烟，颤抖着，像一名追捕后被监禁的逃犯。衣不蔽体的穆尔德海偷偷摸摸地绕到他身后，从他嘴里抽出香烟，然后跑回我身边。

"这是拉比的一个儿子，伊利亚，"穆尔德海嘶哑地说，把他那外翻眼皮上的烂肉凑近我，"该死的儿子，最后一个儿子，叛逆的儿子……"

穆尔德海冲年轻人挥了挥拳头，并朝他的脸吐了一口唾沫。

"上帝保佑，"拉比穆塔雷·布拉斯拉夫斯基的声音传来，他用自己那双修道士的手折断了面包，"以色列的神保佑，他在地球的所有国家中选择了我们……"

拉比祈福了食物，我们坐下来吃饭。窗外马嘶叫着，哥萨克大声呼喊。战争的沙漠在窗外打着哈欠。拉比的儿子在沉默和祈祷中抽着香烟,一支接着一支。晚餐结束时,我第一个站了起来。

"我亲爱的年轻人,"穆尔德海在我的背后嘟囔着,拉着我的腰带说,"如果在这个世界上,除了邪恶的富人和贫穷的流浪者之外,没有其他人的话,那么圣人将如何生活呢?"

我给了老人一些钱后,便出去了。和基大利分开后,我回了自己住的火车站。在火车站,在第一骑兵军的宣传列车上,等待着我的是数百盏灯的光辉、广播电台的神秘之光、印刷厂机器的持续运行以及《红色骑兵报》未完成的文章。

通向布罗德的路

我为蜜蜂感到悲伤,它们遭到敌我双方军队的蹂躏,沃伦再也不会有蜜蜂了。

我们玷污了蜂巢。我们用硫黄烧它们,并用火药炸掉它们。冒着烟的抹布在神圣的蜜蜂共和国里散发着恶臭。蜜蜂们快死的时候,慢慢地飞了起来,微微发出嗡嗡声。没有面包,我们用军刀来提取蜂蜜。沃伦再也不会有蜜蜂了。

每日暴行的记录让我感到窒息,如患了心脏病一样。昨天是布罗德城下浴血奋战的第一天。在蓝色的大地上,我们迷失了方向,无论是我,还是我的朋友阿弗尼卡·比达,都对此深信不疑。马儿一早就被喂食了谷物。黑麦很高,太阳很美,而心灵却无法享受这阳光灿烂、转瞬即逝的天空,只能在痛苦不紧不慢到来的过程中煎熬着。

"各个村子的妇女们常常谈论起蜜蜂和它们的热诚,"我的朋友排长开始说起来,"她们说起来各不相同。当年,人们冒犯了基督,或者压根儿就没有这样的罪行——这事随着时间的推移迟早会被弄清楚的。但是村里的妇女们说,基督在十字架上无聊极了。所有蚊子都飞向基督,去折磨他!基督用眼睛看着它们,精神恍惚。但这数不清的蚊子并没有看到基督的眼睛。蜜蜂也同样在耶稣周围飞来飞去。'蛰他,'蚊子对着蜜蜂尖叫,'听我们的,蛰他!……''我不蛰,'蜜蜂在耶稣上方挥舞着翅膀,说,'我不蛰,他是木匠阶级……'应该知道蜜蜂,"阿弗尼卡,我的排长,结束他的话说,"但愿蜜蜂能逃过这场灾难。为了蜜蜂,我们也许能做点什么……"

挥舞着双手,阿弗尼卡唱起歌来。这是一首关于小黄马的歌。八个哥萨克人——来自阿弗尼卡所在的排——开始给他伴唱。

"小黄马,齐吉德,主人上尉,斩首之日,喝得烂醉。"阿弗尼卡这样唱着,嗓子像根弦一样扯着,然后就睡着了,"齐吉德,忠诚马,每逢节日,上尉无度。斩首之日,当饮五升。四升过后,骑上马儿,奔向长空。前路漫漫,马儿忠胆。共赴天堂,空留一升,于大地上,泪滴泪滴,前功尽弃。上尉哭泣,马儿怜惜,立耳凝视……"

阿弗尼卡这样唱着,歌声清脆,睡意朦胧。这首歌像烟雾一样飘浮在空中。我们正朝着落日前进。落日如沸腾的河流般沿着像刺绣毛巾一样的农田奔流向前。一片玫瑰色的寂静笼罩着大地,大地横卧着,就像猫的后背,覆盖着闪闪发光的绒毛般的庄稼。坐落在小山丘上的是克列格托夫村。死气沉沉、满是锯齿状废墟的布罗德就在山后等着我们。但是在克列格托夫村,有人冲我们劈头盖脸地开枪了。两名波兰士兵从小屋里面向外张望。他们的马被拴在柱子上。敌人的一个轻炮兵连正在驶上小山丘。子弹在路上飞成一条条直线。

"冲啊!"阿弗尼卡喊道。

于是,我们向前冲去。

啊,布罗德!被压抑了激情的木乃伊,向我喷着致命的毒气。我已经感觉到你眼眸里噙满冰冷泪水的致命的寒气。就在那时,马儿震动的疾驰把我带离了你的犹太教堂伤痕累累的石墙……

关于机枪车

他们从师部给我派来一名车夫,或者用我们的话说,是派了个赶车的。他的姓是格里修克,今年三十九岁。

他当了五年德国人的俘虏,几个月前他逃了出来,穿过立陶宛、俄罗斯西北地区,到了沃伦,在别廖夫市,他被世界上最无脑的动员委员会抓住,被强制服了兵役。而别廖夫市离格里修克的家乡,也就是克列明涅茨县,仅仅有五十俄里路。他的妻子和孩子们就在克列明涅茨县生活着。他离家已经五年零两个月了。动员委员会让他给我赶车,我再也不用被那伙哥萨克人鄙视了。

我有一辆机枪车和一个车夫了。机枪车啊!这个词已经成为我们习惯建立其上的三角关系的基础:杀伐——机枪车——血液……

教士和陪审员用的普通无篷轻便马车,由于国内战乱变幻莫测,偶然间成为一种强大而具有机动能力的战斗工具,创造了新战略和新战术,改变了习以为常的战争面貌,催生了机枪车英雄和天才。马赫诺就是其中之一,他把机枪车变成了他神秘而狡猾的战略轴心,废除了步兵、炮兵甚至骑兵,他把三百把机枪固定在机枪车上,全面代替了那些笨重不堪的兵种。这就是马赫诺,与大自然一样变化多端。装满干草的大车,已列成战斗阵形,正在夺取一座又一座城池。婚礼队伍快要接近教区执行委员会的时候,便集中火力开火,一名病恹恹的教士,将无政府主义的黑色旗帜在头顶上抖开,要求当局交出资产阶级分子,交出无产者、葡萄酒和音乐。

机枪车大军具有前所未有的机动能力。

布琼尼在这方面的表现并不亚于马赫诺。攻击这支军队真不是易事,俘虏他们更是想都别想。被架在草垛底下的机枪,藏在农民草棚里的机枪车——他们已经不再是独立的战斗部队了。这些隐秘的火力点,只可猜测,是万万想不到的,它们加起来构成了最近刚建起的乌克兰村庄的模样——凶悍、叛逆和自私。这样的军队,将武器装备藏在每个角落,马赫诺一个小时内就能让它进入战斗状态,复原它所需的时间更少。

在我们这儿,布琼尼的正规骑兵军中,机枪车倒不会如此占主导地位。但是,我们所有的机枪队只乘轻便四轮马车出击。按哥萨克人的说法,两种类型的机枪车是有区别的:一种是移民坐的,一种是陪审员坐的。确实如此,这也不是无中生有,而是真正存在的区别。

这些陪审员坐的轻便四轮马车,是工匠们不花心思做的,走起来摇摇晃晃,坐在上面的职位卑微的陪审员们颠簸在库班麦田的平原上,鼻子红红的,昏昏欲睡,急着去验尸和破案。而那些移民坐的机枪车从萨马拉和乌拉尔沿伏尔加河流域地区,从肥沃的德国殖民地来到我们这里。移民坐的机枪车椅背是用橡木做的,十分宽敞,上面是一幅巨大的绘画——繁茂的粉红色的德国花朵。坚实的车底板用铁条箍着。车轮上还安装着令人难忘的弹簧。在这些弹簧上,我感受到了许多代人的热量,现在它们正在沃伦的道路上不断撞击。

我第一次感受到拥有的喜悦。每天午餐后我们都要去套车。格里修克将马带出马厩。马儿们变得一天比一天强壮。带着骄傲的喜悦,我发现它们光滑的两肋都有一种暗淡的光泽。我们给马按摩肿胀的腿,给它们剪了鬃毛,把哥萨克人的马具扔在它们背上——一张复杂又干硬的薄皮带网——然后便快步驶出院子。格里修克侧身坐在车夫座上,我的座位上铺满了彩色的粗麻布和干草,闻起来很香,让人觉得很安详。高高的轮子在白色细砂路上吱吱作响。一大片盛开的罂粟装点着大地,毁坏的教堂在小丘上闪闪发光。路旁的高岗上,在一个被炮弹炸毁的神龛中,矗立着一尊棕色的圣乌尔苏拉(基督教女圣徒。译者注)雕像,裸露出圆形臂膀。狭长的古文字在发黑的金框里歪歪扭扭:"荣耀属于耶稣和他的圣母……"

波兰贵族庄园的脚下紧挨着一片死气沉沉的犹太人小镇。一只未卜先知的孔雀在砖砌的围墙上闪闪发光,它是无边无际的蓝天下一个冷漠的幻象。一座犹太教堂被蔓延的小屋遮挡住,被压在贫瘠的大地上,没有窗户,凹凸不平,呈圆形,像哈西德派的帽子。窄肩膀的犹太人伤心地站在十字路口。我突然想到南方犹太人的形象,爱生活,大肚子,像廉价的红酒一样冒着泡。这形象与眼前这些细长而枯瘦的背脊、焦黄而悲惨的大胡子的苦涩傲慢的形象无法比拟。在由令人难以忍受的痛苦雕刻出的充满激情的线条里，没有脂肪，没有热血的涌动。加利西和沃伦的犹太人运动是难以制止的，是冲动的，屈辱的，但他们屈辱的力量充满了阴郁的威严，他们对贵族的蔑视是发自心底的。看着他们，我理解了这个地区的历史，理解了包收酒税的《塔木德》经师的故事，理解了放高利贷的拉比们的故事，理解了被波兰士兵强奸的少女们的故事以及因为她们而被枪杀的波兰大地主们的故事。

多尔古绍夫之死

战斗的大幕向市区延伸。中午,克罗恰耶夫穿着黑色的斗篷,从我们旁边飞驰而过——被撤了职的第四师师长,只身赴战,殊死搏斗。他在奔跑时对我喊道:

"我们的交通线被毁坏了,拉特济维洛夫和布罗德交火了!……"

他疾驰离开——斗篷在身后飘扬着,一身黑色,连双眸也黑如煤炭。

在木板一样平坦的平原上,各骑兵旅在重新编队。太阳在血红色的尘土中落下。伤员们在壕沟里吃东西。护士们躺在草地上,低声唱着歌。阿弗尼卡的侦察员们在田野里搜寻尸体和军装。阿弗尼卡在离我两步远的地方经过,头也不回地说道:

"扇我们耳光了。明摆着嘛。还要追究师长的责任,要撤职。部队人心要生疑了……"

波兰人已逼近森林,距离我们仅三俄里,他们将机关枪架在近处。子弹发出呜呜声和尖叫声。它们的抱怨声令人越来越难以忍受。子弹落在地面上,打出一条条沟,不耐烦地颤抖着。维佳卡伊琴科团长正在阳光下打盹,在睡梦中大声喊叫着醒来。他骑上马,冲到先头骑兵那儿。他的脸皱巴巴的,因为睡姿而出现了一条条红印,口袋里装满了李子。

"狗娘养的,"他气冲冲地说,并从嘴里吐出一颗李子核儿,"真他妈扯淡。季莫什卡,拔掉旗子!"

"什么?要走了吗?"季莫什卡问道,从马镫上取下杆子,然后解开了画了一颗星并写着第三国际字样的旗子。

"走着瞧吧。"维佳卡伊琴科说。然后,他突然大声喊道:"女孩们,上马!各骑兵连,集合!……"

号兵吹响了紧急集合号。各骑兵连排成一列。一名伤员走出沟渠,手掌遮在眼睛上,对维佳卡伊琴科说:

"塔拉斯·格里高利耶维奇,我是代表。看来我们是要留下了……"

"你们留下来……"维佳卡伊琴科喃喃自语,勒住马。

"我们希望,塔拉斯·格里高利耶维奇,我们不退出战斗。"伤员在他的身后说。

"少啰唆,"维佳卡伊琴科转过身来说,"不用担心,我是不会扔下你们的。"

就在这时,传来我的朋友阿弗尼卡·比达的像妇女般的哭泣:

"你不要一开始就飞奔起来,塔拉斯·格里高利耶维奇,还要跑五里路呢。要是咱们的马累坏了,你还怎么杀敌……没什么可着急的——除非你急着去圣母玛利亚那儿摘梨子……"

"出发！"维佳卡伊琴科连眼皮都没抬，下令道。

全团开拔了。

"如果对师长追责是真的话，"阿弗尼卡沉默了一会儿，低声嘟哝着，"挨顿骂就算了，要真撤职，可就没了主心骨了。完了。"

泪水从他的眼睛里夺眶而出。我惊讶地盯着阿弗尼卡。他像个陀螺似的打了个转，抓住帽子，嘶哑地大叫了一声，飞奔而去。

格里修克和他愚蠢的机枪车，还有我——我们掉队了，直到晚上，我们还在战火里打转。师部已经消失。别的部队也不接受我们。团部进入布罗德市，并在反击中战败了。我们驱车来到了市里的墓地。一小队波兰侦察兵从坟墓后面跳了出来，抬起步枪，开始打我们。格里修克调转车身。机枪车的四个轮子嘎吱作响。

"格里修克！"透过子弹的呼啸声和风声，我大叫着。

"瞎胡闹。"他伤心地回答道。

"我们完蛋了，"我惊呼起来，陷入了死亡的兴奋中，"我们完蛋了，父亲！"

"妇女们辛勤劳动是为了什么，"他更悲伤地回答，"为什么要提亲，结婚，为什么亲家们要在婚礼上吃吃喝喝……"

一条粉红色的尾巴在天空中闪闪发光，然后又熄灭了。银河在星星之间隐约可见。

"我觉得好笑，"格里修克悲伤地说道，然后用鞭子向那个坐在路边的男人指了指，"我真觉得好笑，妇女们辛勤劳动是为了什么……"

坐在路边的那个人是电话接线员多尔古绍夫。他伸开双腿，盯着我们。

"我说……"当我们到达他面前时,他说,"我快要死了……明白吗?"

"明白。"格里修克回答道,停下了马。

"你要为我浪费一颗子弹了。"多尔古绍夫说。

他倚坐在一棵树上。靴子分开了。他全神贯注地盯着我,小心翼翼地解开衬衫,他的肚子被射开了,肠子慢慢地溢出到膝盖上,甚至连心脏的跳动都可以看得见。

"要是波兰人碰见我,会嘲笑我的。这是我的证件,还有,请你帮我给我母亲写封信,告诉她都发生了些什么……"

"不。"我回答道,然后用马刺刺着马。

多尔古绍夫把发青的手掌摊在地上,怀疑地看着它们。

"你要跑?"他一边低声说,一边爬,"你要跑,你这个混蛋……"

我浑身冒汗。机枪射击越来越快,歇斯底里般倔强地扫射着。顶着落日光环的阿弗尼卡·比达向我们疾驰而来。

"来给他们点颜色看看,"他亢奋地喊道,"你们在这儿开什么会呢?"

我指了指多尔古绍夫,便把马车驾到一边了。

他们简单地说了几句,我没有听到。多尔古绍夫把证件给了排长。阿弗尼卡把它藏在靴子里,向多尔古绍夫的嘴里开了一枪。

"阿弗尼卡,"我带着苦笑,驱车到这哥萨克跟前,说道,"我做不了这事。"

"滚,"他说,脸色苍白,"我会杀了你的!你们这些戴着眼镜的,可怜我们的兄弟,就像猫可怜耗子一样……"

然后他扣住扳机。

我驾车走开,没有转身,只觉得背部充满寒冷和死亡。

"住手,"格里修克在后面喊道,"别犯傻!"一把抓住了阿弗尼卡。

"狗奴才!"阿弗尼卡叫道,"他是逃不出我的手掌心的……"

格里修克在拐弯的地方追上了我,阿弗尼卡没来,他往另一个方向去了。

"你看,格里修克,"我说,"今天我失去了阿弗尼卡,我的第一个朋友……"

格里修克从座位上拿出一个满是褶子的苹果。

"吃吧,"他对我说,"请吃吧……"

二旅旅长

布琼尼穿着一条镶着银饰边的红色裤子站在树旁。第二旅旅长刚刚牺牲了。他的位置,军长下令由科列斯尼科夫接替。

一小时前,科列斯尼科夫还是一个团的团长。而一周前,科列斯尼科夫还是一个骑兵连的连长。

新上任的旅长被布琼尼召唤过来。这名军长正站在树旁等着他。科列斯尼科夫和他的政委阿尔玛佐夫一起来了。

"那帮恶棍把我们逼得很紧,"军长笑着说道,"我们不成功便成仁,没有第三条路。明白吗?"

"明白。"科列斯尼科夫回答说,眼睛鼓了起来。

"如果你要是逃跑——我就毙了你。"军长微笑着说,然后把目光转向特务科科长。

"遵命。"特务科科长说。

"滚一边去,科列索!"旁边有个哥萨克人大喊着。

布琼尼麻利地用脚后跟转过身来,向新任旅长行了个礼。旅长张开五根红色的年轻手指,将它们举向帽檐,他大汗淋漓,沿着犁过的田野走开了。战马在一百俄丈外等着他。他低着头走着,慢得出奇地挪动着他弯曲的两条长腿。日落的光芒在他身上蔓延,红得非同一般,就像死亡即将到来一样。

突然,在延伸的大地上,在被战火毁坏的光秃秃的黄色田野里,我们看到科列斯尼科夫狭长的背脊,悬着的胳膊和灰色帽子下耷拉的脑袋。

勤务兵给他牵来了战马。

他跳上马鞍,头也不回地向他的旅疾驰而去。各骑兵连都在布罗德的主干道上等着他。

被风撕裂的欢呼声传到了我们身边。

举起望远镜,我看到那个骑在马上的旅长在弥漫的尘埃里旋转着。"科列斯尼科夫已经率旅出击了。"瞭望兵说,他坐在我们上方的树上。

"好的。"布琼尼回答,点了一根烟,闭上了眼睛。

欢呼声沉默了。炮声停息了。一颗多余的榴弹炮在树林上空炸了开来。而我们听到了死寂般的砍杀。

"好样的小伙子,"军长站起身来,说道,"他在争取荣誉,他一定能够做到。"

布琼尼要了一匹马,去了战场。军部紧跟在他后面。

那天晚上,在歼灭波兰人一小时后,我碰巧看到了科列斯尼科夫。他独自一人骑着一匹浅黄色的战马,在他的旅前面,打着瞌睡。他的右手吊着绷带。在他身后十步之遥,一名哥萨克骑兵举着一面展开的旗帜。打头的骑兵懒洋洋地吟唱着下流的曲子。整个骑兵旅尘土飞扬,无穷无尽的,像赶集的庄稼汉车队。队伍后面的管弦乐队疲倦地吹奏着。

那天晚上,在科列斯尼科夫身上,我看到了鞑靼可汗的冷酷无情,见识了大名鼎鼎的克尼加、为所欲为的巴甫利钦柯、令人折服的萨维茨基的本领。

萨什卡·耶稣

萨什卡——这是他的名字，因为温柔而被冠以耶稣的别称。他是镇上村里的一名牧羊人，从十四岁染上脏病以后就没再干过重活儿。事情是这样的：

萨什卡的继父塔拉坎内奇到格罗兹尼市去过冬天，在那儿加入了劳动组织。这个由来自梁赞的庄稼汉组成的劳动组织大获成功。塔拉坎内奇为他们做木工，收入日益增多。他的活儿多得做不过来，就写信把继子叫来当作助手了，冬天的村子没有萨什卡也依然过着生活。萨什卡和他的继父一起工作了一个星期。然后星期六来了，他们收了工，坐下来喝茶。虽然已经是十月了，但空气还很清爽。他们打开窗户，又烧开了一茶炊开水。在窗户外面有一个乞丐，她敲了敲窗户上的框子，说：

"你们好，外面来的农民，你们看看我的样子吧。"

"你什么样子呢？"塔拉坎内奇说，"进来吧，破乞丐。"

乞丐在墙后面张罗了一阵子，然后翻窗跳进了房间。她走到桌边,深深地鞠了一躬。塔拉坎内奇抓住她的头巾,把它扯了下来,给她梳理了一下头发。乞丐的头发有灰色的,有白色的,结成一缕缕的,满是灰尘。

"哎呀,真是个挑眼的汉子,身材真苗条,"她说,"你真像是在马戏团工作的……您可别嫌弃我老。"她匆匆地低声说道,然后爬上了木炕。

塔拉坎内奇和她一起躺下。乞丐把头侧向一边,笑了起来。

"雨淋到老太婆身上了,"她笑着说,"一亩地打二百普特……"

她说完这话,看到了萨什卡,他正在桌边喝茶,没有抬头看这上帝的世界。

"你孩子?"她问塔拉坎内奇。

"就像我的一样,"塔拉坎内奇回答说,"我妻子的。"

"瞧,这孩子,眼珠都快瞪出来了,"那个女人说,"喂,到这儿来!"

萨什卡走到她身边——于是就被传染了脏病,但是当时还没有任何一个人想到这是脏病。塔拉坎内奇从晚餐中拿出几根骨头和五戈比的银钱给乞丐,那钱闪闪发光。

"教徒,用沙子擦擦银钱,"塔拉坎内奇说,"它将会变得更有光泽。漆黑的夜里,你把它交给上帝,那光泽会代替月亮而闪耀……"

乞丐绑了一条头巾,拿走了骨头,然后离开了。两周后,一切都变得糟糕起来。两个男人患了脏病,整个冬天都不堪重负,并且接受了药物治疗。春天来了,他们便回到镇上村子里继续工作。

这个村庄距离铁路有十俄里,塔拉坎内奇和萨什卡在田野里走着，大地充满了四月的潮湿，在黑土坑中闪耀着祖母绿的光芒，绿芽像缝在土地里的一道道精致的线条。一股味道从地面泛起，闻起来很酸，就像黎明时女兵身上的味道一样。第一批羊群从土堆中奔跑下来，小马驹在蓝色的地平线上玩耍。

塔拉坎内奇和萨什卡沿着小路走着，略显得有些引人注目。

"让我走吧，塔拉坎内奇，去村里当个牧羊人。"萨什卡说。

"为什么？"

"我羡慕牧羊人过着如此美好的生活。"

"我不同意。"塔拉坎内奇说。

"让我走吧，看在上帝的分上，塔拉坎内奇，"萨什卡重复着，"所有的圣徒都来自牧羊人。"

"圣徒萨什卡，"继父笑道，"从圣母那里染上了梅毒。"

他们走过红桥弯道，穿过一个小树林和牧场，看到了镇上教堂的十字架。

女人们仍然在花园里采摘，坐在紫丁香中的哥萨克人喝着伏特加，唱着歌。离塔拉坎内奇的小屋只有半俄里的步行路程了。

"上帝保佑，一切平安。"他说，并画了个十字架的形状。

他们走近小屋，透过窗户朝里看，屋里没有人。萨什卡的母亲在牛棚里挤牛奶，两个男人默默地走进屋里，塔拉坎内奇在他老婆的背后笑着大叫起来：

"莫佳女士，请客吃饭吧……"

女人转过身，颤抖着跑出了马厩，在院子里旋转着。然后她回到了原地，扑到塔拉坎内奇的怀里，蜷缩着。

"瞧你又傻又动人的样子，"塔拉坎内奇轻轻地推开她说，"给我看看孩子们……"

"孩子们不在院子里了。"那个妇女说道,脸色煞白,再一次跑到院子里,倒在了地上。"哎呀,阿廖申卡(塔拉坎内奇的名字。译者注),"她疯狂地喊道,"我们的孩子们先我们走了,先走了……"

塔拉坎内奇挥了挥手,朝邻居家里走去。邻居说,上周上帝带走了他那双被斑疹伤寒折磨的儿女。莫佳写信给他,但他可能还没收到这些信件。塔拉坎内奇回到了小屋。老婆给他生了炉子。

"莫佳,太便宜你了,"塔拉坎内奇说,"该杀了你。"

他坐在桌边,痛苦极了——痛苦一直缠绕着他直到睡意朦胧。他吃了肉,喝了伏特加,也不做家务。他在桌旁打起盹来,醒了一次,又睡着了。莫佳铺了自己和丈夫的床,萨什卡的床铺在一边。她把灯灭了,和丈夫一起躺下。萨什卡在角落里的干草上翻着身,眼睛睁着,他没有睡着,看到了就像在梦中一样的一间小屋,窗户上的群星和桌子的边角以及母亲床下的马具。眼前的一切追赶着他,无法逃脱,他沉浸在梦想之中,为他醒着的梦想而欢欣鼓舞。在他看来,两根银色的绳索,扭成一条粗线,悬挂在天空中,上面挂着一个小摇篮,一个红木做的小摇篮,它在地面上空、蓝天下方摆动着,银线也一起移动着,闪耀着光辉。萨什卡躺在摇篮里,风儿轻抚在他身上。风儿,如音乐般响亮,从田野吹过来,彩虹在未成熟的庄稼上绽放。

萨什卡为他的梦想而高兴,在现实中他闭上了眼睛,以免看到母亲床下的马具。然后他听到莫佳床上的喘息声,想着,塔拉坎内奇可能在折腾母亲。

"塔拉坎内奇,"他大声说,"找你有事。"

"大晚上的有什么事?"塔拉坎内奇气愤地说,"睡觉,混蛋……"

"我发誓,真有事,"萨什卡说,"走,到院子里说。"

在院子里,在不朽的星辰下,萨什卡对他的继父说:

"不要伤害母亲,塔拉坎内奇,你有病的。"

"你知道我的脾气吗?"塔拉坎内奇问。

"我知道你的脾气,但你得看看母亲身体怎样。她的腿是干净的,胸部是清洁的。塔拉坎内奇,不要伤害她。我们都有病。"

"你是个好心人,"他的继父回答说,"滚,我还轮不到你管。拿着这二十戈比好好睡个觉,清醒清醒……"

"二十戈比对我没有用,"萨什卡嘟囔道,"让我去做镇上的牧羊人吧……"

"我不同意这一点。"塔拉坎内奇说。

"让我去做牧羊人,"萨什卡低声说,"否则我就向母亲坦白我们的事。她凭什么要糟蹋自己的身体……"

塔拉坎内奇转身离开,走到谷仓,拿了一把斧头。

"圣徒,"他低声说,"那就到此为止吧……我会把你给砍了,萨什卡……"

"你不会为了一个女人而杀了我的,"这个男孩用几乎听不见的声音俯身靠近继父,说道,"你可怜可怜我吧,让我去当牧羊人……"

"去你的吧,"塔拉坎内奇说,他扔了斧头,"去做你的牧羊人。"

然后他回到小屋,与妻子睡觉去了。

那天早上,萨什卡去了哥萨克人那里打工,从此,他便开始靠给镇里当牧羊人谋生计了。他以淳朴简单在整个地区闻名，从村民那里得到了"萨什卡·耶稣"的别称，直到征兵，他一直以牧羊为生。年纪较大的二溜子庄稼汉们经常到他的牧场来找他聊天，妇女们跑到萨什卡这里来躲避男人们的恶习，并且不会因为他的爱和疾病而对他生气。在战争的第一年，萨什卡响应号召参军了。他经历了四年的战争，回到了镇上，那时，白军正在那里胡作非为。萨什卡被派到普拉托夫斯基镇，那里有一支对付白军的队伍。为首的骑兵队长——谢苗·米哈伊洛维奇·布琼尼——负责处理这支队伍的事务，他手下有三个兄弟：耶米里扬、卢基扬和杰尼斯。萨什卡去了普拉托夫斯基，他的命运从此发生了改变。他从布琼尼的团，历经布琼尼的旅，到布琼尼的师，再到第一骑兵军。他参加了解救英雄城市察里津，与伏罗希洛夫的第十军团会过师，在沃罗涅日、喀斯托尔、顿涅茨河上的将军桥旁参加过战斗。在波兰战役中，萨什卡是一名辎重兵，因为受伤，变成了残疾人。

　　这就是事情的来龙去脉。最近，我认识了萨什卡·耶稣，并将我的小箱子放在他的车上。我们经常在早晨遇见，结伴直至日落。战争将我们联系到了一起——每逢夜晚，我们坐在闪闪发光的土台子上，或者在森林里用烟熏黑的饭盒煮茶，或者在收割过的地上并排睡觉，把饥饿的马拴在我们的腿上。

马特维·罗季奥内奇·巴甫利钦柯小传

同胞们，同志们，亲爱的兄弟们！以人类的名义，请你们了解一下红色将军马特维·巴甫利钦柯的传记。那位将军，他以前是一个牧羊人，在主人尼基京斯基的利基诺庄园里当牧羊人，在没有成人之前，他是养猪的，成年后，马久什卡（马特维的爱称。译者注）开始放牛。谁知道他呢——假如我们的马特维，亲爱的罗季奥内奇，他出生于澳大利亚，那么，朋友们，他也有可能会养大象，要不是我们的斯塔夫罗波尔省没有大象可养，他没准真会开始养大象呢。坦率地讲，在我们的斯塔夫罗波尔省，还没有比水牛更大的动物。可贫穷的马特维并没有从水牛那里感受到快乐，俄罗斯男人看到水牛就觉得无聊，我们这帮孤儿，就喜欢折腾马，可以把它的灵魂连同肋骨在田野边上折腾得出窍、散架……

于是，我这就开始放牛了，我被来自四面八方的牛围住，牛奶直接喷到我身上，我就像一个切割开的乳房一样，浑身发臭，一些小公牛，灰色的小公牛整天围在我身边。我的周围满是自在的田野,无边无际的草地沙沙作响,我头顶上的天空就像展开的多排键手风琴,而天空,伙计们,在斯塔夫罗波尔省是非常蓝的。而且我正以这种方式放着牧,没事的时候,我就吹吹笛子,直到一个老人告诉我:

"走吧,"他说,"马特维,到娜斯佳那儿去吧。"

"为什么?"我说,"老人家,你是在嘲笑我吧?"

"走吧,"他说,"她希望你去。"

于是,我就去了那里。

"娜斯佳!"我紧张极了,"娜斯佳,"我又说,"你是在嘲笑我吗?"

但是她不听我说,抛下我跑起来,拼命地跑,我和她一起奔跑,一直跑到了一座牧场上,快要累死了,脸涨得通红,喘不上气。

"马特维,"娜斯佳跟我说,"三个星期前的星期天,正好是春天捕鱼的好时候,你和我们一起去岸边,却低着头。你为什么低着头,马特维,你心里是不是有什么烦心事?请回答我……"

"娜斯佳,"我回答,"我没有什么可以回答你的,我的头不是枪,没有准星,没有瞄准器,但是你知道我的心,娜斯佳,它是空的,有的只是牛奶,这是一件多么可怕的事情,我浑身上下都是一股奶味儿……"

看得出来,娜斯佳呆呆地等着我的回答。

"我发誓,"她肆无忌惮地笑着,整个草原都回荡着她的笑声,好像敲着战鼓一样,"我发誓,你和小姐们肯定暗送秋波了……"

在谈了很短暂的恋爱之后,我很快就娶了她。我开始和娜斯佳一起生活了,尽可能地生活好,我们也会生活好的。整个晚上都很热,冬天很热,我们整夜光着身子,从彼此身上揭下一层皮。我们生活得很好,真是见鬼,直到那名老人第二次出现。

"马特维,"他说,"主人碰过你妻子身上所有地方,她被弄到手了,主人……"

"不,"我说,"不,原谅我,老人家,或者我会在这个地方揍你一顿。"

当然,我让那个老人走了,那天我暴走了二十俄里,步行了一大段路,晚上我回到了我快乐的主人尼基京斯基的利基诺庄园。他坐在正屋里,一个老头子,捣鼓着三副马鞍:英国的、龙骑士的和哥萨克人的。我立在他门口,就像牛蒡似的,整整站了一个小时,什么都没有发生。但后来他把目光投向了我。

"你想要什么?"他说。

"想要和你算账。"

"你要害我吗?"

"不,但我想。"

然后他把目光转向一边,在地板上铺了几块红毯子,它们比沙皇的旗帜还要红,老头子站在上面,摆出一副要打架的样子。

"来吧,"他对我说,摆出架势,"东正教的基督徒们,我睡遍了你们的娘,你可以跟我算账,但是你多少也欠我一点吧,我的朋友马久什卡?"

"哈哈,"我回答,"您在开什么玩笑呢,真的,上帝啊,您在开什么玩笑呢!我想还应该向您讨回工钱……"

"工钱?"我的主人跳起来,把我推倒在地上,对我拳打脚踢,"给你工钱,但你忘记牛轭了,去年,你从公牛身上打破了牛轭,它在哪里,我的牛轭?"

"我会赔给你一个牛轭,"我回答说,朴实地看着他,低声下气地跪在他面前,"我会赔给你一个牛轭,但你不要逼得太紧,老爷子,稍微等等……"

结果怎样呢,斯塔夫罗波尔的小伙伴们,我的同胞,同志,我的兄弟们,主人等我还债等了五年时间,我失踪了五年,后来,我这个失踪的人便迎来了一九一八年。一九一八年它骑着那欢快的马儿,格巴尔达的马儿而来。它还带来了大型货车和各种各样的歌曲。哦,我亲爱的,一九一八年!难道我们不能再和你同行一次吗,我的宝贝儿,一九一八年……我们挥霍了你的歌,喝光了你的酒,用你的真理做出了正确的决议,你却只留给我们一些文书。哦,我亲爱的!那些日子里,可不是这些文书奋战在库班,隔着一步之遥杀了将军的。马特维·罗季奥内奇那时就在普里库姆斯克血战,他距利基诺庄园只有五俄里。我一个人去了那里,没有带兵,然后,我走进正屋,静静地走进去。土地局的人正在那里坐着,尼基京斯基在给他们上茶,对每个人都很谄媚,但当他看到我时,立即变了脸,可我还是脱了帽子向他致意。

"你们好,"我对人们说,"主人,您好,请招待客人吧,或者我们之间还有些什么?"

"我们之间平平静静,客客气气,"一个人回答我,看说话的口气,是一位测量员,"我们之间会平平静静、客客气气的,但你,巴甫利钦柯同志,你从远处疾驰而来,浑身上下脏兮兮的。我们,土地局的人,对这种形象都感到害怕,为什么会这样呢?"

"这是因为,"我回答说,"你们土地局的人都很冷血,而我的脸颊已经烧了五年,在战壕里烧,和女人烧,在最后的审判中也会燃烧。在最后的审判中……"我一边说着,一边高兴地看着尼基京斯基,但他已经没有眼睛了,只有两颗球在脸中间立着,就像推了两颗球到了额头下方的位置上,他向我瞪着这两颗水晶球,似乎很有趣,但又非常可怕。

"马久什卡,"他对我说,"我们早就认识了,我的妻子,娜杰日达·瓦西里耶芙娜(即娜斯佳。译者注),因为一些陈年往事失去理智了,要知道她曾经对你很好,娜杰日达·瓦西里耶芙娜,你马久什卡对她也是最尊重的,她现在疯了,难道你一点都不想见她吗?"

"可以。"我说,然后我和他一起进入另一个房间,在那里他开始触摸我的手,先是我的右手,然后是我的左手。

"马久什卡,"他说,"你握着我的命运吗?"

"不,"我说,"别说这些话。上帝离我们很远:我们的命运不济,我们的生活廉价。别说这些话,如果你愿意,听听列宁的信。"

"给我的信,给尼基京斯基的?"

"给你。"我拿出命令汇编,翻到一页空白页,然后阅读起来,虽然我自己是文盲中的文盲。"以人民的名义,"我读道,"为了未来美好的生活,我命令马特维·罗季奥内奇·巴甫利钦柯可以根据他的判断剥夺不同人的生命……就是这样,"我说,"这就是列宁给你的信……"

他叫起来:"不!"

"不,"他说,"马久什卡,尽管我们终逃不过一死,在如今功德与圣徒相同的俄罗斯,血液变得很便宜,但你需要多少血液——无论如何你都会得到,我死亡之前的目光你终究也会忘记,不如我先给你看看地板吧？"

"带我看看吧，"我说，"也许会更好。"

于是，我和他一起穿过几间房间，下到酒窖，在那里他扔开一块砖，在这块砖后面拿出了一个盒子。里面有戒指、项链、勋章和珍珠宝贝。他把它扔向我，浑身无力。

"你的了，"他说，"拿着尼基京斯基的宝贝离开，马特维，回你普里库姆斯克的老巢去……"

我抓住他的身体，扼喉咙和扯头发。

"我过去受的耳光该怎么办，"我说，"我的耳光该怎么办，兄弟？"

这时，他用夸张的声音大声笑起来，没有逃脱。

"狼心狗肺的，"他没有挣开，说着，"我视你为俄罗斯帝国的军官，但是你们，无耻之徒，喝狼奶的……开枪吧，狗娘养的……"

但我没有向他开枪，我无论如何都不应该只给他一枪那么便宜，我将他拖到上面的大厅里，娜杰日达·瓦西里耶芙娜在那里，她彻底疯了，要么坐着，要么拿着出鞘的军刀在大厅里走来走去，要么盯着镜子。当我带着尼基京斯基进入大厅时，娜杰日达·瓦西里耶芙娜跑到椅子上坐下，头上戴着一顶插着羽毛的天鹅绒皇冠，敏捷地在椅子上坐下来，向我举起军刀敬礼。然后我践踏了我的主人尼基京斯基。我践踏了他一个小时或更长时间，在那段时间里我完全意识到了生命的真谛。"给他一枪，"我会说，"你只能摆脱一个人，给他一枪是对他的赦免，对那些卑鄙轻佻的人来说，给他一枪不会直达灵魂，如果一个人有灵魂并且表现出来的话。但是，我不会后悔，有时候，我常常会将敌人踩在脚下一个小时或者更长时间，我很想知道我们的生活是什么样的……"

柯金纳的墓地

墓地在犹太小镇里。在沃伦杂草丛生的田野上埋葬着亚述（古代"两河流域"的古国。译者注）和东方的神秘阴燃。

三百年前的旧文字书刻在磨光的灰色石头上。在花岗岩上雕刻着粗糙的高浮雕压花。鱼和绵羊的造型聚在一个死人的头上。拉比们头戴着毛皮帽子，腰束着细带。在无眼的脸下，一条条波浪石线构成了卷曲的胡须。一旁，被闪电劈开的橡树下，是拉比阿兹列尔的地穴，他是被一名叫博格丹·赫梅利尼茨基（乌克兰统领。译者注）的哥萨克人杀死的。四代人都躺在这座一贫如洗的坟墓里，像运水工的住处一样，墓碑发绿，上面刻着贝都因人（阿拉伯半岛和北非沙漠地区的阿拉伯游牧民。译者注）式的祈祷：

"阿兹列尔，阿纳尼亚的儿子，耶和华的嘴。

"伊利亚，阿兹列尔的儿子，与遗忘战斗的大脑。

"沃尔夫，伊利亚的儿子，在第十九个春天从摩西五经那里偷去的王子。

"犹大,沃尔夫的儿子,克拉科夫和布拉格的拉比。

"噢,死神,噢,贪婪的人啊,噢,贪婪的小偷,你为什么不饶恕我们,哪怕只有一次?"

普里谢帕

我前往列什纽夫,师部所在地。我的同伴仍然是普里谢帕——一个年轻的库班人,不知疲倦的无耻之徒,被开除的共产党员,未来买卖破烂的人,漫不经心的梅毒患者,不紧不慢的骗子。他穿着一件红色的切尔克斯卡袍子,是薄呢子做成的,一顶绒毛帽子挂在他的背上。在路上,他谈起自己……

一年前,普里谢帕逃离了白军。为了报复,白军将他的父母扣为人质,并以反间谍组织的名义将他们杀死。他家的财产被邻居们掠夺一空。当白军被赶出库班时,普里谢帕回到了他家乡的镇上。

那是一个早晨,黎明时分,庄稼汉在睡梦中叹了一口酸闷的气。普里谢帕雇了一辆政府的大车,在村里四处搜集他家的留声机、克瓦斯桶和他母亲刺绣的毛巾。他走上街道,披着黑色的斗篷,腰带上别着一把弯曲的匕首。大车紧跟在后面。普里谢帕从一个邻居家走到另一个邻居家,血淋淋的鞋印子在他身后伸展。

在那些小屋里，这个哥萨克人发现了他母亲的东西或他父亲的烟袋锅，他便杀了这些屋子里的老妇人，把狗绞死在井上，在圣像上涂满粪便。村民们点着烟斗，阴沉地注视着他的踪迹。年轻的哥萨克人散坐在草地上，数着数。数字越大，村庄越保持沉默。完事后，普里谢帕回到了被破坏的自己家。他以童年时代的记忆归置了被砸烂的家具，并派人去买伏特加。他把自己锁在小屋里，喝了两天酒，吟唱着歌曲，哭泣着，用军刀砍碎桌子。

第三天晚上，村里人看到普里谢帕的小屋冒出烟来。被火烧伤的普里谢帕踉跄着把一头牛从畜栏里拉出来，把一把左轮手枪放进牛嘴里，然后开枪了。大地在他脚下冒着烟，蓝色的火焰环从烟囱中飞出并融化在空中，留在畜栏里的牛儿在哭泣。火焰像复活节那天一样闪耀着。普里谢帕解开他的马，跳上马鞍，将一缕头发扔进火海里，扬长而去。

一匹马的故事

我们的师长萨维茨基曾从第一中队指挥官赫勒布尼科夫那里夺走一匹白色的种马。这是一匹外观气派的马,但身形肥胖了点,对我来说似乎有些笨重。作为交换,赫勒布尼科夫收到了一匹种类不错的黑色母马,奔跑起来很顺畅。但他却以恶劣的态度对待这匹母马,渴望着复仇,等待着一个合适的时机,终于,这一刻到来了。

在七月的几场败战之后,萨维茨基被解职并被派往后方当预备役官员时,赫勒布尼科夫向军部写了一份请愿书,要求归还他的马。军部首长在请愿书上作出如下批复:"将该种马物归原主。"赫勒布尼科夫眉飞色舞地赶了上百里路,找到住在拉德兹维洛沃的萨维茨基,这是一个看起来像衣衫褴褛的乞丐一样的小城。被撤职的师长一个人住,军部那些溜须拍马的人嘲笑着他,再也不认他了。马屁精们卑躬屈节地在军长的微笑中钓获他们的烤鸡,转身背对着这位荣耀卓著的师长。

虽然被贬职了,但萨维茨基与彼得大帝一样,喷上香水,和哥萨克女人巴甫拉住在一起。巴甫拉是萨维茨基从犹太军需官那里夺过来的,一起夺来的还有二十四匹纯种马,我们认为这是萨维茨基的个人财产。阳光在萨维茨基的院子里格外刺眼,让人眼睛都睁不开了,小马驹在院子里猛烈地吮吸着母马的乳汁,马夫们大汗淋漓地用褪了色的风车筛着燕麦。受到真相伤害并受到报复的驱使的赫勒布尼科夫直奔院子。

"你认识我吗?"他问正躺在干草上的萨维茨基。

"我好像见过你。"萨维茨基回答道,然后打了个哈欠。

"就请接受首长的决议吧,"赫勒布尼科夫坚定地说,"拜托您,后备队的同志,请用认真严肃的目光看着我……"

"可以。"萨维茨基用和解的语气喃喃道,拿着纸开始读起来,异常漫长。然后他突然叫来了哥萨克女人,她正在阴凉的屋檐下梳着头发。

"巴甫拉,"他说,"从早上开始,我的上帝,你就开始梳头……帮我们端一个茶炊过来……"

哥萨克女人放下梳子,把头发抓在手里,甩到背后。

"康斯坦丁·瓦西里耶维奇,今天一整天你都在找碴儿,"她带着懒散而专横的笑容说道,"一会儿这样,一会儿那样……"

然后她走到师长身边,穿着高跟鞋,昂首挺胸,胸抖起来像两只动物在袋子里扭动。

"都在找碴儿。"那个女人重复着,兴奋地说道,并将师长衬衫胸口的纽扣扣上。

"一会儿这样,一会儿那样,"师长站起身来,笑着说,搂住巴甫拉放松的肩膀,突然把一张死气沉沉的脸转向赫勒布尼科夫。

"我还活着,赫勒布尼科夫,"他抱着这个哥萨克女人,说,"我的腿还在行走,我的马还在奔跑,我的手还能靠近你,我的枪还暖暖地贴着我……"

他拿起一把贴在他裸露着的肚子上的左轮手枪,走近第一中队指挥官。

赫勒布尼科夫立马转过身去,撞得他的马刺叮叮当当呻吟着,他走出了院子,像一个接到紧急命令的传令兵一样,再次赶了一百俄里找到军部首长,但首长把赫勒布尼科夫赶走了。

"你的事已经解决了,指挥官,"军部首长说,"种马已经交还给你了,烦心事已经足够多了,别再添堵了……"

他没有听赫勒布尼科夫的话,最后把第一中队还给了这位出走的指挥官。赫勒布尼科夫离开队伍已经一整个星期。在此期间,我们驱车前往杜宾森林进行调整。我们在那里搭起了帐篷,生活得很好。我记得,赫勒布尼科夫星期天早上回来了,那天是十二号。他向我要了一刀多的纸和墨水。哥萨克人帮他刨平了一个树桩,他在树桩上放了一把左轮手枪和纸,一直写到晚上,浪费了很多张纸。

"真成了卡尔·马克思了,"晚上,骑兵连的政委问他,"发生什么事了,你在写什么呢?"

"我根据入党誓言,描述了一些不同的想法。"赫勒布尼科夫回答道,并向政委提交了一份退出布尔什维克共产党的申请。

"共产党,"他在这份声明中写道,"我认为,是为了无尽的快乐和坚定的真理而建立的,并且应该关注一切小事。现在说一说那匹白色的种马，它是我从一群令人难以置信的反动农民那里夺取的，许多同志都无耻地嘲笑这匹马的样子，但我能承受住恶劣的笑声，为共同的事业紧咬牙关，让马儿变成我希望的样子，所以我，同志们，很喜欢白马，把帝国主义和国内战争留给我的一小部分精力全花在马身上了，这种马能感觉到我的手，我也能感觉到它的无言的希望，它需要什么，但不公平地换给我的黑色母马我并不需要，我感觉不到它，也不能忍受它，所有的同志可以作证，它差点让我遇到了麻烦。可党却没能根据批复，把它还给我，我的宝贝，因此，我别无选择，只好含泪写了这个申请，尽管士兵的眼泪不能轻易掉落，但我却泪如雨滴，刺痛我的心，刺得我的心在滴血……"

这就是赫勒布尼科夫的申请，还写了许多其他的事情。他花了一整天才写完这篇文章，文章很长很长。我和政委花了一个小时读这份申请，最后才搞懂它的意思。

"真是个傻瓜，"政委撕掉申请，说，"晚饭后，你来和我谈谈。"

"我不需要和你谈话，"赫勒布尼科夫回答说，"你要了我，政委。"

他站着，双臂垂在裤缝两侧，浑身发抖，原地不动，两眼环顾四周，好像在想着从哪个路线逃跑一样。政委走近他，但没有拦他。赫勒布尼科夫用尽全身力气冲了出去。

"要我！"他疯狂地喊道，爬上树桩，开始脱下外套，抓着胸口。

"杀了我吧，萨维茨基，"他喊道，摔倒在地，"现在就杀了我！"

我们把他拖到帐篷里，哥萨克人也给予我们帮助。我们给他煮茶，卷了一支烟给他。他抽着烟，颤抖着。一直到了晚上，我们的指挥官才平静下来。他没有再多谈他那疯狂的申请，但一周后他去了罗夫诺，接受了医疗委员会的审查，并因为身上有六处受伤而作为残废军人复员了。

所以我们失去了赫勒布尼科夫。我为此感到难过，因为赫勒布尼科夫是一个安静的人，就像我的性格一样。中队里只有他一个人有茶炊。在平静的日子里，我和他一起喝热茶。我们为同样的激情感到震惊。我们都觉得，这个世界就像五月的草地，行走着女人和马匹的草地。

康　金

在白采尔科夫，我们粉碎了波兰贵族的攻击。杀得他们片甲不留，连树木都倒在地上了。我清早就挂彩了，但是不严重，没什么要紧的。我依然记得，那时夜幕刚刚降临。我落在了旅长后面，跟着我的哥萨克无产阶级，一共有五个人。周围的人都搂在一起厮杀，就像神父抱着妻子一样，血液从我身上滴下来，我的马在我面前撒尿……总之——各流各的。

我和斯皮利卡·扎布德走到一个离树林有些距离的地方，望了望——算数有用了……离我们三百俄丈远的地方，不超过这个距离，扬起尘土的不知道是师部，还是辎重队。是师部固然好，是辎重队的话就更好了。孩子们的军装破了，里面的衬衫都没法让他们性成熟。

"扎布德，"我对斯皮利卡说，"妈的，又是这个，又是那个的，随便吧，交给你了，你就像报名发言一样大声喊，这行进的是他们的师部……"

"这事简单,"斯皮利卡说,"但我们只有两个人,他们有八个……"

"快追,斯皮利卡,"我说,"无论如何,我一定要弄脏他们的法衣……让我们为了酸黄瓜和世界革命而死……"

我们出发了。他们有八把军刀。两个脑袋被我们像拧螺丝一样拧断了。我看到斯皮利卡把第三个送到杜霍宁的师部去检查证件了。我瞄准了那个领头的。这个领头的家伙,长着一头红毛,胸前垂着金表的链子。我把他逼到了农场。那里的农场长满了苹果和樱桃。领头的骑的那匹马健壮得像是商人的女儿,但也已经精疲力尽。于是将军大人抛掉缰绳,用毛瑟枪冲着我,在我腿上打了个洞。

"好吧,"我想,"你是我的了,马上就会双腿一伸……"

我扣下扳机,向马儿开了两枪。这种马真是可惜了。这匹马真是一位布尔什维克,纯粹的布尔什维克。枣红色的鬃毛,像硬币一样,子弹般的尾巴,疾风一样的腿。我本来想让它活着,送给列宁的,但没有成功。我杀了这匹马。它像新娘一样瘫倒在地,领头的从马鞍上摔了下来。他翻到一边,然后又转过身来,在我的身上打了一个洞。也就是说,我在与敌人的周旋中身中三枪。

"耶稣,"我想,"他可能要在我没有留意时杀了我……"

我骑着马驰近他,他已经拔出军刀,眼泪顺着他的脸颊直淌,白色的眼泪,人类的乳汁。

"给我颁发一枚红旗勋章!"我尖叫着,"投降吧,尊贵的阁下,只要我还活着!……"

"我不会的,先生,"老家伙回答说,"还是杀了我吧……"

081

就在那时,斯皮利卡来到我面前,就像一片叶子遮住小草一样。他大汗淋漓,瞪着圆圆的双眼。

"瓦夏,"他对我喊道,"好可怕,我已经结束了多少人的生命!但这是一个将军,穿着刺绣军装,我希望我能够杀了他。"

"滚吧,"我很生气地对斯皮利卡说,"是我用鲜血换来了他的刺绣军装。"

我把将军扔到马背上,驰向谷仓,那里还有干草。那里安静,黑暗,凉爽。

"先生,"我说,"你年纪大了,就听话吧,为了上帝,向我投降吧,我将和你一起休息一下,先生……"

在墙边上,他胸口上下起伏,大口呼吸着,用发红的手指擦着额头。

"我不会的,"他说,"你杀了我吧,我只能把我的军刀献给布琼尼……"

他只屈服于布琼尼。唉,你是我的祸患啊!我明白了,这个老家伙只求一死了。

"先生,"我咬着牙,流着泪,大叫起来,"用无产阶级的话说,我自己就是最高首长。你别在我的身上找刺绣,但我是有官职的。我的官职就是——来自尼日涅伊市的音乐剧小丑和沙龙腹语演员……伏尔加河上的尼日涅伊市……"

我脑中出现一个坏念头。将军的眼睛像灯笼一样闪现在我的眼前。红海在我面前展开了。侮辱像盐一样撒入我的伤口,因为我看得出来,老家伙不相信我的话。然后,我闭上了嘴巴,伙计们,我收紧了我的肚子,深吸一口气,以一种古老的方式,用我们的、战士的、尼日涅伊的方式发出声音,以此向波兰贵族证明了我的腹语。

顿时,老家伙脸色煞白,他按住心脏,坐在地上。

"现在你相信我,演员瓦夏,无敌的第三骑兵旅政委了吧?……"

"政委?"他喊道。

"政委。"我说。

"共产党员?"他喊道。

"共产党员。"我说。

"在我最后的时刻,"他喊道,"在我还一息尚存的时候,告诉我,我的哥萨克朋友,你真的是共产党员,还是在撒谎?"

"共产党员。"我说。

就在那时,老家伙坐到地上,亲吻某种护身符,将他的军刀折成两半,眼中像点亮两盏油灯,两盏黑暗草原上的油灯。

"原谅我,"他说,"我不能向共产党人投降。"他与我握了握手。"请原谅我,"他说,"就像一个士兵一样杀了我吧……"

这个故事是有一次休息的时候,第 N 骑兵旅的政治委员康金用他一贯幽默搞笑的口气讲述给我们听的,他得过三次红旗勋章。

"瓦夏,后来,和将军意见一致没?"

"和他意见一致?……我遇到了一个傲骨。我再次向他鞠躬,他仍然坚持。然后我们拿走了他的证件、毛瑟枪,他这个怪物的马鞍我现在还用着呢。然后,我看到,我的血流得越来越多,我越来越困,靴子里充满了血,我已经管不了他了……"

"也就是说,老家伙得以减刑了啊?"

"有罪啊。"

别列斯捷奇科

我们从霍京转向别列斯捷奇科。战士们在高高的马鞍上打瞌睡。歌声像干涸的小溪一样喃喃自语。令人恐惧的尸体散落在千年的古墓里。穿着白衬衫的庄稼汉们,在我们面前揉搓着帽子。巴甫利钦柯师长的斗篷像一面阴沉的旗帜飘在师部上空。他柔软的帽子被扔在了斗篷上,身体一侧挂着一把弯刀。

我们经过哥萨克人的墓地和博格丹·赫梅利尼茨基的塔楼。从墓碑后面,一个老人弹着班杜拉(乌克兰的一种弹拨乐器。译者注)走出来,他用稚嫩的童声歌唱哥萨克以前的荣耀。我们默默地听着这首歌,然后打开了军旗,并且在雷鸣般的游行声中,闯入了别列斯捷奇科。居民们放下用铁棍制成的护窗板,然后就是沉默,小城里充满绝对的沉默。

我来到一个寡妇的公寓里住,她一头红发,很是风流。我在路边清洗一番,便走上街去。在柱子上贴着关于师政委维诺格拉多夫将在晚上选读共产国际第二次代表大会报告的公示。就在我住的房间的窗前，有几个哥萨克人以间谍罪枪杀了一位留着银色胡须的老犹太人。那个老头尖叫着挣扎出来。然后机枪队的卷毛小伙子抓住他的头，把它夹在胳膊下。犹太人沉默地蹬着双腿。卷毛用右手拔出一把匕首，轻轻地刺杀了老人，没有让血喷出来。然后他敲了敲一扇关着的窗户。

"如果有人有兴趣，"他说，"就来收尸吧，这随你们的便……"

哥萨克人转身拐过街角走了。我跟着他们，开始沿着街道在别列斯捷奇科漫步。城里住的大多数是犹太人，而在郊区住着俄罗斯族的皮革工人。他们干净地住在装有绿色护窗板的白色房子里。小市民们不喝伏特加，而是喝啤酒或蜂蜜，在房子前面的花园里种植烟草，然后像加利西亚的农民那样，用一种长而弯曲的烟杆抽烟。

这儿精力充沛和精明能干的三辈人骨子里充满勤劳，而这一点对于俄罗斯人来说，只有当他们尚未生虱、没有绝望、也不醉酒时，才偶有发生。

曾经根深蒂固的生活习惯在别列斯捷奇科消失了。在经历了三个世纪之后，新芽在沃伦古老、温暖的腐土上展现绿色。这里的犹太人用发财梦将俄罗斯庄稼汉与波兰贵族、捷克移民和罗兹工厂捆绑在一起。他们是走私者，是边境上最好的走私者，而且几乎都是为信仰而战的战士。哈西德派把整日忙碌的居民们令人窒息般地囚禁着，比如小酒馆老板、小商小贩和经纪人。男孩们仍然穿着长袍，踏着有数百年历史的道路去哈西德派的犹太小学学习，老女人仍然对传宗接代有着强烈渴望，带着新嫁娘赶往柴迪克那里祈祷添子增福。

犹太人住在宽敞的房子里，房子涂着白色或水蓝色的油漆。这种建筑的传统弊端可追溯到几个世纪前。房子后面有一个两层的棚子，有时是三层，终日不见阳光。这些黑暗得难以形容的棚子取代了我们的庭院。棚子下面有秘密通道，通往地下室和马厩。战争期间，在这些密道里可以躲避子弹和抢劫。日复一日，这里积累了很多生活垃圾和牛粪。弥漫着腐蚀性恶臭和酸性粪便臭味的密道充满了阴森和恐怖。

至今为止，别列斯捷奇科仍然散发着臭味，所有人身上带着腐烂的鲱鱼味儿。这个小镇在恶臭中期待着新时代的来临，到处只见张贴着的关于边境不幸事件的褪色告示，而不见老百姓。一天下来，我对这些告示感到厌恶，便向城外走去，爬上一座山，进入荒废了的拉齐波尔斯基伯爵的城堡，不久前，他还是别列斯捷奇科的主宰者。

夕阳的宁静使城堡附近的草变成了蓝色。月亮在池塘上方升起，泛着如蜥蜴般绿色的光芒。从窗口我可以看到拉齐波尔斯基伯爵的领地——草地和啤酒花种植园，被暮色的云纹丝带所掩盖。

以前，九十岁的神志不清的伯爵夫人带着儿子住在城堡里。儿子惹恼了她，因为他没有给这个衰落的家庭生一个继承人，庄稼汉告诉我，伯爵夫人用马车夫的鞭子抽打她的儿子。

山下的广场上有一场集会。农民、犹太人和来自郊区的皮革工人都来了。在他们头顶的上方爆响着维诺格拉多夫热情的声音和他的马刺的声音。他谈论着共产国际的第二次代表大会，我沿着墙壁徘徊，墙上画的是鼓眼睛的仙女跳着古老的圆舞。然后在角落里，在被踩着的地板上，我发现了一张撕破的泛黄的信。上面用褪色了的墨水写道：

"别列斯捷奇科，1820年。保罗，我的好朋友，据说拿破仑将军去世了，是吗？生孩子很容易，我们的小英雄快七周了……"

山下依然能听到政委的声音，他热情地劝说着那些困惑的市民和被抢劫一空的犹太人：

"你们就是权力。这里的一切都是你们的。没有贵族。下面就开始革命委员会选举……"

盐

"亲爱的编辑同志,我想向您描述一下对我们有害的妇女是怎样没有觉悟和意识。您走遍了国内战争的各处前线,做过记录,希望您没有错过怙恶不悛的法斯托夫车站,它地处某个偏僻国家的不为人知的地方,我当然到过那里,喝了私酿啤酒,只沾了沾小胡子,没有咽进嘴里。关于上面这个车站,有很多可写的东西,但正如我们的俗话所说的那样,我们不必把主的屎当宝贝。因此,我只会向您描述我亲眼所见的东西。

"七天前,那是一个安静、光荣的夜晚,当时我们尊贵的骑兵军列车停在那个火车站,装满了士兵。我们为了一个共同的事业准备转战到别尔季切夫。但是我们注意到,我们的列车没有发动,我们的'加夫里尔号'不冒烟,战士们开始怀疑,议论纷纷,为什么在此停留?事实上,在此停留对共同的事业来说有着巨大的意义,因为背袋贩子(苏俄国内战争期间,从农村沿着铁路倒卖粮盐的小贩。译者注)们,这些邪恶的敌人,其中也有很多妇女,他们正肆无忌惮地与铁路部门纠缠着。他们无畏地抓住栏杆,这些邪恶的敌人,一路小跑在车厢顶上,踩得车厢顶直响,制造着混乱,每个人手中都拿着臭名昭著的盐,一袋达到五普特重。但是,这些背袋贩子的胜利并没有持续多久。主动从车厢里爬出来的战士们让无比委屈的铁路工人们深深地呼了一口气。只有背袋子的妇女们仍然在车站附近。战士们可怜她们,放这些妇女中的某些人到了暖气车厢,还有一些人则没有。同样地,在我们二排的车厢里,有两个少女。在第一遍钟响后,一个有孩子的体面女人来到我们面前,说:

"'让我上车吧,亲爱的哥萨克们,整个战争期间,我怀里抱着这个还在喂奶的孩子,在各个火车站吃苦,现在我想和我丈夫见一面,但是因为铁路的原因,总是不能成行,哥萨克兄弟们,难道你们就不可怜我一下?'

"'顺便说一句,女人,'我告诉她,'排里是否同意,将定下你的命运。'然后,我转向我们排,向他们转达,有一位体面的女人请求乘火车去找她的丈夫,孩子确实和她在一起,你们怎么决定,同意或不同意?

"'让她上车吧,'伙计们喊道,'在和我们同行之后,她就不想要丈夫了!……'

"'不,'我礼貌地对这些家伙说,'我向你们鞠躬致谢,排里的兄弟们,但我听到你们说这些龌龊话,感到非常惊讶。兄弟们,回忆一下你们自己的生活,以及你们还是孩子的时候如何与你们的母亲一起生活,事实证明这样说是不恰当的……'

"然后,哥萨克人彼此议论着,被我巴尔马舍夫说服了,让这个女人进入火车,她感激地爬上去。每个人都被我说的大实话弄得

浑身燥热,让女人坐下来,不停地说着:

"'请坐到角落里吧,女人,就像母亲一样照顾你的孩子,没有人会碰你的,你会毫发无伤地到达你的丈夫那里,如你所愿,我们也希望,你是个善良的人,会把我们的接班人带大,因为老了的老了,而你看,年轻的却很少。我们看到了悲伤,女人,无论是现役的,还是超役的,都是又冷又饿的。女人,你安心坐在这里吧……'

"响了第三遍钟后,火车开了。光荣的夜晚像帷幕一样蔓延开来。帷幕上点缀着油灯般的星星。战士们回忆起库班之夜和库班的绿色星星。然后,思绪就像一只鸟一样飞翔着。车轮轰隆着,轰隆着……

"随着时间的流逝,夜晚过去了,红色的鼓手开始用他们的红色军鼓敲响黎明,然后哥萨克们走近我,看到我坐着不睡觉,一脸忧伤。

"'巴尔马舍夫,'哥萨克们问我,'为什么你这般忧愁,坐着不睡觉?'

"'我向你们鞠躬,战士们,请原谅我,让我和这位女公民说几句话……'

"然后,我全身颤抖着从床上爬起来,睡意就像一只逃避恶狗的狼一样从铺上跑开,我走到女人身边,从她手上抱走孩子,扯开孩子身上的布,看到里面藏着一普特盐。

"'这真是一个有趣的孩子,同志们,他不吃也不拉,不哭也不闹,不打扰大家睡觉……'

"'对不起,亲爱的哥萨克们,'女人非常冷静地介入我们的谈话,'我没有骗人,骗人的是我的不幸……'

"'巴尔马舍夫会原谅你的不幸,'我回答这位女士说,'对于巴尔马舍夫而言,他为此付出的代价并不高,他为此付出多少,就会赎回多少。可是,女人,你看看这些哥萨克人,他们尊你为共和国劳动人民的母亲。转过身来看看这两个现在哭泣的女孩,一晚上受了我们多少罪。再看看我们在库班麦田里劳作的妻子,她们在没有丈夫的情况下耗尽女性的力量,孤独的男人们,因为人性本恶,情不自禁地强暴着出现在他们生活里的女孩们……而你却毫发无伤,尽管你是个骗子,被碰了也活该。再看看被痛苦压垮的俄罗斯……'

"女人告诉我:

"'我的盐我自己决定,我不怕说实话。您不是在为俄罗斯着想,您是在拯救列宁和托洛茨基的犹太人……'

"'我不想说犹太人什么,你这个有害公民。这和犹太人无关。顺便说一句,我也不想说什么和列宁有关的,但是托洛茨基是塔姆波夫州州长英勇的儿子,虽然职级不同,却站在工人阶级这边。列宁和托洛茨基,拉着囚犯一样的我们,把我们带上了生活的自由之路,而您,一个卑鄙的公民,比那骑在千金大马上用剑威胁我们的白军将军更反革命……那个将军是看得见的,在所有的道路上,劳动者们可以想方设法杀了他,但你这样数也数不清的公民,带着你们有趣的假孩子,不吃也不跑——你们就像跳蚤一样看不见,咬啊,咬啊,咬啊……'

"我承认我在途中把这个公民扔了出去,但她像一个非常粗暴的人一样坐着,挥动着她的裙子,又走上了她卑鄙的道路。而且,看到这个毫发无伤的女人,看到她周围不可言说的俄罗斯,看到没有收成的田地，看到被凌辱的女孩和奔赴前线却很少能够返回的同志们，我想跳下车去杀了自己，或者杀了她。但是哥萨克人可怜我，说：

"'给她一枪。'

"于是，我从墙上取下了忠实的枪，我从劳动人民的土地和共和国的脸上洗去了这个耻辱。

"我们二排的战士，向您鞠躬，亲爱的编辑同志，向你们鞠躬，亲爱的编辑部的所有同志，要无情地处理所有将我们拖入坑中的叛徒，他们想要将河流逆转，用尸体和枯草盖住俄罗斯……

"二排战士的代表——革命的士兵尼基塔·巴尔马舍夫。"

夜

噢，俄国共产党党章！你建造了一条快速铁路，通过俄国记事陈腐的泥浆。你让三个梁赞的怀着耶稣激情的单身汉变成了《红色骑兵报》的同事，你之所以要做这些，是为了他们每天都可以编写无所畏惧的报纸，上面充满勇气和粗俗的乐趣。

得了白内障的加林，患有肺结核的斯林金，生了肠粘连的塞切夫——他们徘徊在后方荒芜的灰尘中，通过退役的年轻的哥萨克人、担任波兰语翻译的预备役骗子和莫斯科派给我们列车政治部的女兵们，用自己的报纸点燃暴动和战火。

只有到晚上，报纸才能准备就绪——放在军队下面的一条导火索。外乡的太阳就像一盏斜视的灯笼一样在天空中熄灭，印刷厂的灯光熠熠生辉，就像机器的激情一样。然后，到了午夜时分，加林下了车，为了抑制住对我们的列车洗衣妇伊琳娜的单恋情绪。

"上一次，"加林说，肩膀狭窄，脸色苍白，眼睛失明，"伊琳娜，上一次我们谈到了由叶卡捷琳堡的无产阶级执行的对血腥的尼古拉的处决。我们现在来谈谈其他横死的暴君。彼得三世被他妻子的情人奥尔洛夫扼杀了。保罗一世被朝臣和他自己的儿子撕成碎片。尼古拉一世中毒身亡,他的儿子死于三月一日,他的孙子因醉酒而死……你需要知道这些事,伊琳娜……"

加林向洗衣妇抬起充满爱恋的双眼,不知疲倦地回想起那些过世的皇帝的地穴。驼背弯腰的他沉浸在月光里,月亮悬挂在高空,像一个厚颜无耻的刺儿头,印刷机在他身边轰隆,还有纯净的光从广播电台照射出来。伊琳娜靠在厨师瓦西里的肩膀上,听着盲目和荒谬的爱的表白,在她头顶上,黑色海藻般的天空里,星星在长途跋涉,洗衣妇快要睡着了,时不时地在浮肿的嘴上画十字,她的目光集中在加林身上……

在伊琳娜旁边,大脸盘的瓦西里打着哈欠,像所有厨师一样藐视人类。厨师——与他们打交道的是死去的动物的肉和活人的贪婪食欲,因此厨师只对这二者感兴趣。瓦西里也是。他把裤腿高高挽起,向加林询问各国国王的王室费以及公主的嫁妆,然后他打了个呵欠,说:

"已经是夜里了,阿里沙(加林的小名。译者注),"他说,"明天还要干一天活呢。睡觉吧,捻跳蚤去……"

他们关上了门,厨房里只留下加林,月亮高挂在天空,像是一个蛮不讲理的刺儿头……背对月亮,在一个斜坡上,在入睡的池塘边,我戴着眼镜坐着,在我的脖子上长了几个疥疮,腿上缠着绷带。当加林带着灿烂的眼神走近我的时候,我正在用模糊的诗意的大脑消化着阶级斗争。

"加林,"我说,被怜悯和寂寞压垮了,"我病了,很显然,我快到头了,我厌倦了在我们骑兵军的生活……"

"真是懦弱,"加林说,他瘦小的手上的钟表指向深夜一点,"你真是懦弱,我们注定要忍受你们这些懦夫……我们正在为你们分离果仁和外壳。这将需要一点时间,你就会看到这个被清除的果仁,然后你将从鼻子里伸出手指,用优美的散文歌颂新生活,但现在你就静静地坐着,懦夫,不要向我抱怨。"

他靠近我,拉直了我的疥疮上的绷带,然后把头低下直到他的鸡胸处。夜晚安慰着悲伤中的我们,微风吹拂着我们,像母亲的裙子一样,湿润清新的草地闪烁着光芒。

火车印刷厂轰鸣的机器发出嘎吱声,忽然又悄无声息,黎明在大地边缘画了一条轮廓,厨房的门被推了一下,打开了。脚跟肥大的四条腿伸在凉爽的门外,我们看到了伊琳娜的小腿肚和瓦西里指甲黑色弯曲的大脚趾。

"瓦西里,"女人用一种亲昵的声音低声说道,"从我的床上走开,真烦人……"

但是瓦西里只是蹭了一下他的脚跟,并且更靠近了。

"骑兵军,"加林告诉我,"骑兵军是我们党中央委员会进行的社会戏法。革命的曲线让沉浸在偏见中的哥萨克自由选民进入第一排,但中央委员会迂回前进,用铁刷梳平他们……"

于是加林谈到了第一骑兵军的政治教育。他说了很长一段时间,沉声静气,有条有理。他的眼皮一直在打着架。

阿弗尼卡·比达

我们在列什纽夫城下战斗,到处都是敌人骑兵围成的壁垒。波兰人加强战略的弹簧带着不祥的哨声跳开,把我们挤了出去。在整个战斗中,我们的后背第一次经历了侧翼攻击和后方突破的恶魔般的尖锐——这种武器的叮咬,是我们曾经擅长利用的。

列什纽夫城下的战线上布满了步兵。沿着弯弯扭扭的壕沟趴着白色皮肤、光脚的沃伦庄稼汉。这些步兵战士是昨天从农田里征来的,为了形成一支骑兵军的步兵预备队。农民们都愿意加入,他们以最大的努力奋斗着。他们农民般原始的凶猛甚至让布琼尼的战士们感到惊讶。他们对波兰地主们的仇恨无形但坚定。

在战争的第二阶段,当尖叫呐喊对敌人的想象无法奏效,骑兵攻击对隐蔽在战壕里的敌人就变得不可能了的时候,这个临时的步兵队将会对骑兵军大有裨益。但我们实在是一穷二白。这些庄稼汉,每三个人发一支步枪以及和枪不匹配的子弹。这个想法不得不放弃,这支真正的民兵只好被解散了。

现在让我们再来说说列什纽夫城下的战斗。民兵们隐蔽在距离镇上三俄里的战壕里。在他们的前面,一个戴着眼镜的驼背青年走来走去。一把军刀拖在他身边。他带着不悦的样子跳来跳去,好像他的靴子夹着脚一样。这位农民长官是由他们选举出来的,并受他们爱戴的,他是一个高度近视的犹太青年,有一张塔木德式病态和专注的面容。在战斗中,他小心翼翼,英勇无畏,沉着冷酷,就像一个漫不经心的梦想家。

这是七月漫长白天的两点多钟,炎炎夏日就像彩虹蜘蛛网在空中闪耀。在山丘后面,一条由盛装和编成辫子的马鬃织成的丝带闪闪发光。那个年轻人给了一个准备好的信号。穿着树皮鞋的庄稼汉们各就各位,进入准备状态。但是信号是错误的。列什纽夫的公路上出现的是马斯拉克(即马斯利亚科夫,第四师第一骑兵旅旅长,习性难改的游击队员,很快就背叛了苏维埃政权。译者注)的华丽骑兵连。他们憔悴但充满活力的马儿大步流星。镀金的杆子上包裹着天鹅绒流苏,华丽的旗帜飘扬在火热的灰尘柱上。骑士们骑着马,带着庄严而英勇的冷漠。披头散发的民兵们从战壕里爬出来,目瞪口呆地注视着这支缓慢前行、有着优雅弹性的部队。

部队前面,在一匹双腿向外弯曲的草原马上骑着旅长马斯拉克,他的身上充满了醉酒的血液和油腻的腐汁。他的肚子像一只大猫一样躺在镀银的鞍桥上。看到一个民兵,马斯拉克欢呼起来,招来了排长阿弗尼卡·比达。这位排长因与首领长相相似而被冠以绰号"马赫诺"。他们——旅长和阿弗尼卡低声说了一会儿。然后排长转向第一骑兵连,俯身悄悄地命令道:"前进!"哥萨克人以排为单位小跑起来。他们的马躁动起来,冲向了战壕,民兵们就像兴奋的观众一样在战壕里观看着。

"战斗准备!"悲伤而又仿佛很遥远的阿弗尼卡的声音传了过来。

马斯拉克喘息着,咳嗽着,享受着,骑马到一边,哥萨克人赶紧进攻起来。可怜的民兵们想要逃跑,但已经迟了。哥萨克的鞭子已经抽在他们撕裂的袍子上了。骑兵在田野周围来回冲杀,用非凡的技术将鞭子转过来转过去。

"你为什么要这么玩?"我向阿弗尼卡叫起来。

"为了开心啊。"他回答我,坐在马鞍上,从灌木丛中拉出一个躲藏的家伙。

"为了开心!"他大声喊道,用力拍那个晕倒的家伙。

严肃的马斯拉克发了善心,挥了挥他的胖手,这场嬉戏结束了。

"民兵们,不要卖呆!"阿弗尼卡喊道,傲慢地挺直了他虚弱的身体,"去捕捉跳蚤吧,民兵们……"

哥萨克人笑着,在队伍中移动着。民兵不见了。战壕空了。只有一个驼背的犹太人站在之前的位置,透过眼镜,专心而又傲慢地看着哥萨克人。

从列什纽夫传来的枪声没有停过。波兰人包围了我们。通过双筒望远镜可以看到独立行动的骑兵侦察兵。他们飞奔出城镇就一跃至马下,像不倒翁一样。马斯拉克组建了一支骑兵连并将其分散在公路的两侧。列什纽夫上方的天空在闪闪发光,无法形容的空洞,就如往常的危险时刻一样。犹太人仰着头,悲伤地吹着金属哨儿。民兵们,挨鞭子的民兵们,正回到原处。

子弹飞向我们这边。旅部正落入机关枪的射程中。我们冲进森林,开始穿过灌木丛,右侧就是公路。被击中的树枝在我们头顶呻吟。当我们离开灌木丛时,哥萨克人已不在原地了。按照指挥官的命令,他们撤退到布罗德,只有庄稼汉们在战壕里发出几声枪响,远处的阿弗尼卡在追赶他的排。

他正沿着路边骑行,观望着四周并嗅着空气。射击瞬间减弱了。哥萨克人决定利用这个喘息的机会快马加鞭。就在刹那间,一颗子弹刺穿了他的马的脖子。阿弗尼卡依然骑行了百步,在我们的队伍中,这匹马前腿一弯便倒在了地上。

阿弗尼卡不紧不慢地从马镫上拔出一条僵硬的腿。他蹲下,在马的伤口上用一根铜色的手指戳了戳。然后他直起身子,疲惫不堪地看着周围辉煌的地平线。

"永别了,斯捷班,"他木然地说道,从垂死的动物身边退开,深深地鞠了一躬,"没有你,我怎么能回到安静的镇子呢?……我该把你身上刺绣的马鞍搁到哪儿去呢?永别了,斯捷班。"他更努力地重复了一遍,喘着粗气,像一只被逮到的老鼠一样尖叫着,号哭起来。痛彻心扉的哭声传到我们耳中,我们看到阿弗尼卡不停地鞠着躬,就像教堂里的患歇斯底里病的女人一样。"好吧,我不会屈服于命运的,"他喊道,从死寂般的脸上挪开双手,"好吧,我将无情地砍掉那些无法形容的波兰人!直到生命的尽头……在村里的居民面前,在亲爱的兄弟们面前,我向你保证,斯捷班……"

阿弗尼卡面朝下趴在马的伤口上,沉默了。马儿将深陷的紫红色眼睛看向主人,听着阿弗尼卡痛彻心扉的嘶哑的声音。马儿温柔地昏倒了,它在地上动了一下垂下的脑袋,鲜血像两条红宝石颈套一样从它的胸口流下来,白色的肌肉外露着。

阿弗尼卡躺着不动。马斯拉克用两条粗壮的腿走近马,将一把左轮手枪插入它的耳中并开了枪。阿弗尼卡跳起来,把他满是斑点的脸转向马斯拉克。

"收好马具,阿弗尼卡,"马斯拉克温柔地说,"回到部队去吧……"

我们在一个小山丘上看到阿弗尼卡在马鞍的重压下弯着腰,脸上灰红灰红的,像切开的肉一样,独自在尘土飞扬、空荡荡的田野中朝着他的骑兵连走去。

深夜,我在辎重车队遇见了他。他睡在一辆堆着他的马刀、制服和被刺破了的金币的推车上。排长满是血污的脑袋枕在马鞍的弯曲处,像被钉在十字架上,歪着的嘴巴如死灰一般。死马的马具被搁在他身旁——哥萨克马儿复杂而华丽的衣服:带有黑色流苏的胸甲、彩色宝石的软带子和银色压花的缰绳。

黑暗在我们身上变得越来越浓。车队沿着布罗德的路盘旋着,谦逊的星星在天上的银河里滚动,遥远的村庄在凉爽的深夜中布满灯火。副连长奥尔洛夫和长胡子的比琴科就坐在阿弗尼卡的车上,讨论着阿弗尼卡的悲痛。

"那匹马从家里带出来的,"长胡子的比琴科说,"这样的马,在哪里找得到啊?"

"这匹马是朋友。"奥尔洛夫回答道。

"这匹马是父亲,"比琴科叹了口气,"无数次地挽救了他的生命。没有马,比达要糟糕了……"

第二天早上，阿弗尼卡消失了。布罗德的战斗开始又结束。失败被临时胜利所取代，我们经历了师长的变动，但却一直都没见着阿弗尼卡。只有村庄里怨声连连，阿弗尼卡抢劫的邪恶和掠夺的行踪，向我们展示了他艰难的道路。

"他在找一匹马。"众人在议论骑兵连的排长，在我们游荡的长夜里，我听到了很多关于他的残暴凶狠的掠夺故事。

来自其他部队的战士在距我们位置数十俄里的地方遇到过阿弗尼卡。他伏击掉队的波兰骑兵，或者在森林里搜寻，寻找农民藏匿起来的马群。他放火烧了村庄，以藏匿为借口射杀了波兰村长。这种激烈的单打独斗的传说，一匹孤狼攻击庞然大物的故事，时时传入我们的耳朵。

又过了一周。白天的痛苦愤怒烧毁了我们日常生活中关于忧伤的阿弗尼卡的英勇故事，"马赫诺"开始被遗忘。然后传来了谣言，加利西亚的农民在某处的树林里杀了他。在我们进入别列斯捷奇科的那天，第一骑兵连的耶米里扬·布加科已经去向师长要阿弗尼卡的带黄色垫子的马鞍。耶米里扬想用一个新的马鞍去参加阅兵，但他没能得偿所愿。

我们于八月六日进入别列斯捷奇科。走在我们部队前面的是新任师长的亚洲紧身外衣和红色卡萨金（一种后身打褶的立领男式上衣。译者注）。廖夫卡，这个发疯的奴才，给师长牵着马场的小母马。充满威胁的军乐声沿着奇异而贫穷的街道飞行。破旧的死胡同，枯朽衰败的梁木组成的彩色森林沿着小城展开。小城中心在时间的腐蚀下，向我们散发着忧伤的腐气。走私者和偏执者在他们宽敞的阴暗小屋中避难。只有柳多米尔斯基先生，一身绿色外套的打钟者，在教堂遇见了我们。

我们渡过河流，进入居民区。我们正接近天主教教士家的时候，阿弗尼卡骑着一匹高大的种马从拐弯处出现。

"致敬！"他用嘶哑的声音说道，并将战士推开，站到队伍中自己的位置上。

马斯拉克盯着平淡的远处，没有转身，嘶哑地说：

"你从哪里弄到了这匹马啊？"

"自己的。"阿弗尼卡回答道，卷起一支香烟，舌头轻轻舔了舔，用唾沫粘住了香烟纸。

哥萨克人一个接一个地走近他并向他打招呼。在他烧焦的脸上，代替左眼的是一个可怕的令人作呕的粉红色肿瘤。

第二天早上，比达逛了逛。他在教堂里打破了圣瓦伦汀的圣骨盒并尝试演奏管风琴。他穿着一件蓝色地毯剪裁的夹克，背上绣着百合花，在那只突出的眼睛上，盖着被汗浸湿的一丝不乱的额发。

午饭后，他骑着马儿，用步枪向拉齐波尔斯基伯爵的城堡的浮雕窗户射了一枪。哥萨克人以半圆形站在他身边……他们抬起种马的尾巴，摸着它的腿，并数了数它的牙齿。

"优质马啊。"副连长奥尔洛夫说。

"是匹宝马。"长胡子的比琴科也确定地说道。

在圣瓦伦汀教堂

我们师昨晚占领了别列斯捷奇科,师部就设在天主教教士图津科维奇的房子里。换上女人的衣服之后,图津科维奇在我们的部队进城之前逃离了别列斯捷奇科。我知道他四十五年来一直在别列斯捷奇科侍奉上帝,并且是一位好教士。居民们希望我们理解这一点,他们说:犹太人爱他。图津科维奇在位时修葺了古老的教堂,修复工作在神殿建成三百周年之际完成,然后一位主教从日托米尔抵达这里。穿着丝绸长袍的高级教士们在教堂前祈祷。挺着大肚子,悠然自得的教士们站着,就像落满露水的草地上的大钟一样。从周围的村庄流来虔诚的河流。庄稼汉们跪下来,亲吻着双手,当天在天空中见所未见地密布云层。为了纪念古教堂,天空也展开了旗帜。主教亲吻了图津科维奇的额头,并称他为别列斯捷奇科之父。

早上我在师部听到了这个故事,当时我正在那里分析我们的迂回纵队在拉得齐霍夫地区对利沃夫进行侦察的情报。我看着文件，背后勤务兵的打鼾声讲述着我们永无止境的无家可归的生活。因失眠而蔫蔫的文书们一边为各部抄写着命令，一边吃着黄瓜，打着喷嚏。直到中午我才有空，我走到窗前，看到了别列斯捷奇科教堂——威严而白皙。它在不算炎热的阳光下闪闪发光，就像一座彩陶塔。中午的闪电在它光滑的两侧闪过。它凸起的边棱从古老的穹顶向下倾斜。玫瑰色的壁带在山墙的白色石头中腐烂，顶部是柱子，像蜡烛一样细。

然后，管风琴的歌声震响了我的耳膜，就在那时，一位披着黄色头发的老太太突然出现在师部门口。她像一只断了腿的狗一样在地面上打着转，蹲伏着移动。她瞳孔上覆盖着一层盲人的白色分泌物，流着泪。一会儿痛苦、一会儿仓促的管风琴声飘到我们身边。琴声传得很是艰难，愁苦而又拖沓。老太太用她的黄头发擦拭泪水，她坐在地上，开始吻我齐膝的靴子。琴声停了一下，然后传来嘲笑般的低音。我抓住老太太的手，回头看了看。文书们敲打着打字机，勤务兵的打鼾声越来越大，他们的马刺把沙发的天鹅绒内饰下的毡子切割下来。老太太温柔地吻着我的靴子，抱着它们就像抱着婴儿。我把她拖到门口，把身后的门锁住。教堂在我们面前像舞台布景一样耀眼。它的侧门是敞开的，马头骨放在波兰军官的坟墓上。

我们跑进院子，走过阴暗的走廊，走进了附在祭坛上的方形房间。第三十一团的护士萨什卡正在干着活儿。她翻着不知是谁扔在地板上的丝绸。绣着花朵的锦缎散发着致命的香气，混着腐烂的芳香流入她颤抖的鼻孔，弄得她直发痒，快要中毒了。然后哥萨克人进入了房间。他们哈哈大笑着，用手抓住萨什卡，把她扔在如山的衣服和书籍上。萨什卡的身体裸露了出来,精力充沛又气味难闻,像新鲜屠宰的牛肉一样,裙子下面是骑兵连女兵的双腿,结实修长的双腿。库尔久科夫,一个傻里傻气的年轻人,坐在萨什卡的身上,像坐在马鞍上一样摇晃着,假装充满激情。萨什卡推开他,然后冲到门口。正在这时,我们经过祭坛,进入教堂。

这座教堂里光线充足,充满跳动的光芒,空气新鲜凉爽,令人愉悦。我怎么能忘记阿波廖克挂在右侧祭坛上的画呢?在这张画中,十二个面色红润的神父摇着一个装有胖婴儿耶稣的丝带编的摇篮。胖婴儿脚趾翘起,身体上满是早晨炎热的汗珠。他手脚乱动地躺着,背上胖出了褶子,十二位戴着红衣主教头饰的神父在摇篮上方弯着腰。他们的脸被剃得发青,火红的斗篷在肚子上鼓起来。神父们的眼睛闪耀着智慧、决心和乐趣的光芒,微笑在他们的嘴角徘徊,火热和深红色的疣在双下巴上鼓出来,就像五月的萝卜一样。

别列斯捷奇科的这座教堂,对于人类之子的死亡有着自己的独特观点。在这座教堂中,圣者们带着意大利歌手般的优雅前往刑场,刽子手的黑发像俄尔普斯(希腊神话中的人物,有超凡的音乐天资。译者注)的胡须一样闪闪发光。在圣障的正上方,我看到阿波廖克异端和令人陶醉的画笔下被亵渎的约翰的形象。在画中,施洗者约翰的英俊是含糊不清、不言而喻的,为了这种美,国王的妃嫔们失去了她们本就丢掉一半的贞操和蓬勃发展的生命。

起初,我没有注意到教堂有任何被破坏的迹象,或者它们对我来说似乎很小。只有圣瓦伦汀的圣骨盒被打破了。在盒子下面散落着腐烂的棉花碎片和圣徒可笑的骨头——像鸡骨头一样。阿弗尼卡·比达在管风琴上演奏。他喝醉了,阿弗尼卡,充满野性,遍体鳞伤。就在昨天,他带着一匹从庄稼汉那边掠夺的马回到我们身边。阿弗尼卡顽固地试图在管风琴上演奏进行曲,有人用半梦半醒的声音劝说他:"放弃吧,阿弗尼卡,我们去吃饭吧。"但是哥萨克没有放弃:阿弗尼卡会唱的歌有很多。每个音符都是一首歌,但是所有的音符都是彼此断开的。一首歌浑厚的曲调持续了一会儿,又转到了另一首……我听着,环顾四周,看起来被破坏的迹象对我来说很小。但圣瓦伦汀教堂的打钟人、失明老妇人的丈夫柳多米尔斯基先生不是那么认为的。

柳多米尔斯基不知道从哪里冒了出来,他低着头平稳地走进教堂。老人不敢盖住被扔掉的圣骨,因为一个普通人不准接触圣物。打钟人摔在蓝色的地板上,他抬起头,蓝色的鼻子耸立着,就像死人上方的旗帜。蓝色的鼻子抖动着,在那一瞬间,天鹅绒的窗帘在祭坛上颤抖着,滑到了一边。在被打开的壁龛深处,在乌云密布的天空背景下,跑出一个留着胡须的披着橙色外衣的身影——光着脚,嘴巴撕裂,流着鲜血,嘶哑的号叫打破了我们的鼓膜。披着橙色外衣的男人被仇恨追逐着,而且被追赶上了。他拱起手臂去击打,手上流出紫红色的鲜血。站在我旁边的哥萨克孩子尖叫起来,低着头,急忙逃跑,虽然没有什么东西可以逃避的,因为壁龛中的人物只是耶稣基督——我一生中见过的最神奇的上帝形象。

柳多米尔斯基先生的救主是一个卷发的犹太人,胡子粗糙,前额上满是皱纹。他凹陷的脸颊上涂着红胭脂,在因为疼痛而闭上的眼睛上方是细细的红色眉毛。

他的嘴像马的嘴唇一样被撕裂了,波兰式外衣上面系着一条珍贵的腰带，在他的外衣下面抽动着用瓷做的双脚，双脚被钉上了银色的铆钉。

穿着绿色礼服的柳多米尔斯基站在雕像下面，他把一只枯瘦的手伸向我们，诅咒我们。哥萨克人抬起眼睛，拨开草黄色的刘海。在雷鸣般的声音中，圣瓦伦汀教堂的打钟人说着一口纯正的拉丁语，将我们赶出教门。然后他转过身去，跪倒在地，抱住了救主的腿。

到达师部后，我写了一份关于当地居民宗教感情受到侮辱的报告给师长。后来，教堂被勒令关闭，肇事者受到纪律处分，被送往军事法庭接受审判。

骑兵连连长特鲁诺夫

中午,我们带着被枪射中的骑兵连连长特鲁诺夫的尸体来到索卡尔。他是早上在与敌方飞机的战斗中阵亡的。特鲁诺夫所有中弹的地方都在脸上,他的脸颊上满是伤口,舌头都被击断了。我们尽可能给这个死人洗了洗脸,为了他的样子看起来不那么可怕,我们在棺材的头部放了一个高加索马鞍,在一个庄严的地方,给特鲁诺夫挖了一个坟墓——在市中心的公园里靠近篱笆的地方。我们骑兵连骑着马赶到那里,团部和军事委员会成员都去了。大教堂的钟敲响两点时,我们的破旧大炮发出了第一炮。它通过自己古老的三英寸口径向阵亡的指挥官致敬,全力地致敬,我们将棺材带到了敞开的墓穴前。棺材的盖子打开着,正午晴朗的阳光照射着一具长长的尸体,他的嘴巴里充满了破碎的牙齿,穿着干净的靴子,脚跟并齐放着,看起来就像是在演习一样。

"战士们!"团长普加乔夫看着那个死人说道,他站在墓穴的边缘。"战士们!"他颤抖着,双手贴紧裤缝,立正站着,说道,"我们在此埋葬世界的英雄帕沙·特鲁诺夫,向他做最后的致敬……"

普加乔夫抬起由于缺少睡眠而通红的双眼望向天空,大声发表演讲,纪念第一骑兵军里死去的战士,这个在未来几个世纪的铁砧上用历史的铁锤敲打出的骄傲方阵。普加乔夫大声地发表讲话,紧紧地抓着弯曲的车臣军刀的手柄,用钉着银色马刺的靴子磨着地面。演讲结束后,管弦乐队演奏了《国际歌》,哥萨克人告别了帕沙·特鲁诺夫。整个骑兵连跳上马,向空中齐射,我们的三英寸口径的大炮发出了第二炮,我们让三个哥萨克人去献花圈。他们匆匆离开,策马疾驰,几乎快要从马鞍上甩出来,像在表演特等骑术似的,带来一捧花朵。普加乔夫把这些花散落在坟墓旁,我们开始接近特鲁诺夫,做最后的吻别。我用嘴唇触碰了被马鞍包围着的干净额头,然后去了市里,去了哥特式建筑风格的索卡尔市,那里满是蓝色的尘埃和加利西亚式的沮丧。

一个建有几座古犹太教堂的大广场从公园的左边延伸开去。身着破烂的长襟褂子的犹太人在这个广场上破口大骂,彼此揪着头发打架。他们中的一些人是正统派,赞扬来自贝尔兹的拉比阿达西亚的学说。为此,以温和著称的哈西德派攻击正统派,他们是来自古夏京的拉比犹大的门徒。犹太人就喀巴拉问题争论着,并在他们的辩论中提及了伊利亚的名字,他是比利亚的犹太神学院的院长,哈西德派的迫害者……

哈西德派忘记了战争和射击声,谴责着比利亚的大祭司伊利亚,而我还在失去特鲁诺夫的悲伤中苦苦挣扎,为了减轻痛苦,我也在犹太人中推挤着,大声嚷嚷,直到看到在我面前的一个加利西亚人,他死寂沉沉,身材像堂吉诃德一样修长。

这个加利西亚人穿着白色的齐地亚麻长衫，好像是为了赶往葬礼或者为了参加圣餐礼，他用绳子牵着一头毛茸茸的小牛犊子。在他巨大的身体上安着一颗活泼好动、极其微小、中过子弹的头，就像蛇脑袋一样；他戴着用农村的干草编织成的宽边帽子，摇摇晃晃着。可怜的小母牛被缰绳牵着，跟在加利西亚人后面；他傲慢地牵着小母牛，绞架般高大的身躯分割了从天空照射下来的火热阳光。

迈着庄严的步伐，他穿过广场，进入一条弯弯曲曲、缭绕着浓得让人窒息的烟雾的巷子。在烧焦的房子贫穷的厨房里，一群看起来像黑人的犹太妇女张罗着，她们的乳房大得和身体极不相称。加利西亚人走过她们身边，在破碎的建筑物山墙旁的小巷尽头停了下来。

在那里，山墙旁边，挨着一根白色的弯曲的柱子坐着一个吉卜赛铁匠，他在给马匹钉掌。吉卜赛人用锤子击打着马儿的蹄子，油腻的头发摇晃着，嘴里吹着口哨，微笑着。几个牵着马的哥萨克人站在他身边。我的加利西亚人去了铁匠身边，默默地给了他烤熟的十二个土豆，没有看任何人，又转过身来。我走在他身后，但在这里，我被一个哥萨克人拦住了，他正在等着钉马掌。这个哥萨克人叫塞利威尔斯托夫。他当初从马赫诺那儿离开，后来在第三十三骑兵团服役。

"柳托夫，"他说，把手递过来，向我问好，"你别挑衅所有人，魔鬼在你身体里面啊，柳托夫，你今天早上为什么要害死特鲁诺夫？"

听了其他人的愚蠢话语，塞利威尔斯托夫向我大声嚷嚷，一派胡言，就好像我今天早上杀死了骑兵连连长特鲁诺夫。塞利威尔斯托夫以一切可能的方式责骂我,他当着所有的哥萨克人谴责我,但他从未做过任何正确的事情。确实,我今天早上和特鲁诺夫吵了一架,因为特鲁诺夫总是无穷无尽地虐待俘虏,我们是吵架了,但是他后来就死了,帕沙,在这个世界上再也没有人可以评判他了,而我是他的最后一个评判者。这就是我们争吵的原因。

黎明时分,我们在扎沃德火车站附近抓到了今天的俘虏,有十个。当我们抓住他们时,他们只穿着内衣。一堆衣服躺在波兰人周围,这是他们的伎俩,为了让我们不能从制服上将军官和士兵区分开来。他们扔掉了自己的衣服,但这次特鲁诺夫决定了解真相。

"军官,出来!"他下了命令,接近俘虏,然后掏出一把左轮手枪。

今天早上,特鲁诺夫的头部已经受伤了,被一块抹布包裹着,血液从他身上流下,就像草垛上流下雨水一样。

"军官,承认吧!"他重复着,开始用左轮手枪敲击波兰人。

这时,一个瘦弱的老人从人群中走了出来,他裸露着的肩胛骨很粗大,脸上的颧骨呈蜡黄色,蓄着一撮小胡子。

"……战争结束了,"老人以无法理解的热情说道,"所有的军官都跑了,战争结束了……"

波兰人将他发青的手伸向了骑兵连连长。

"五根手指,"他说着,转着一只枯瘦、巨大的手,哭了起来,"我用这五根手指供养着我的家人啊……"

老人气喘吁吁,跟跟跄跄,满脸泪水,在特鲁诺夫面前跪下,但特鲁诺夫用军刀把他推开了。

"你们的混蛋军官,"骑兵连连长说,"你们的军官在这里扔了衣服……套在谁的身上合适，谁就要完蛋，让我来试试……"

然后，骑兵连连长从一堆破衣服中选择了一顶带有彩色边饰的帽子，将其给老人戴上。

"正正好啊，"特鲁诺夫嘟哝着，一边向前移动，一边低声说道，"正正好啊……"接着把剑插到俘虏的喉咙里。老人倒下了，双腿抬了抬，一股泡沫似的珊瑚般的鲜血像溪流一样从他的喉咙里流了出来。这时，安德留什卡·沃斯米列托夫偷偷靠近老头，他戴着的耳环和农村人圆形的脖子闪闪发光。安德留什卡解开了波兰人的纽扣，轻轻地摇了摇他，开始脱下死者的裤子。他把裤子扔到他的马鞍上，又从衣服堆里拿出两件制服，然后挥着鞭子，离我们而去。此时，太阳从云层中冒了出来，阳光迅速包围安德留什卡的马，马儿愉快地奔跑，短尾巴漫不经心地摇摆着。安德留什卡正沿着通往森林的小路前进，我们的辎重车队驻扎在森林里，车夫发疯似的吹着口哨，如聋子般地向沃斯米列托夫做着手势。

哥萨克人已经跑出去一半路了，但特鲁诺夫突然跪下，在他身后嘶哑地叫道："安德留什卡！"骑兵连连长看着地面，说："安德留什卡！"他重复道，并没有从地上抬起眼睛，"我们的苏维埃共和国还活着，分割它还为时过早。扔下你手上的东西，安德留什卡。"

但是沃斯米列托夫甚至都没有转身，他骑着马以哥萨克式的惊人速度小跑而去，马儿轻快地甩着尾巴，好像在向我们挥手。

"背叛了！"特鲁诺夫随后喃喃道，感到十分惊讶，"背叛了！"他说着，匆匆地把卡宾枪抵在肩膀上，瞄准，射击，但是急急忙忙没有射中。安德留什卡这次停了下来，他掉转马头奔向我们，像女人一样在马鞍上跳动着，脸涨得通红，气呼呼地，两条腿颤抖着。

"听着,老乡,"他大声喊道,离我们越来越近,突然被自己低沉而强烈的声音抚慰下来,"我怎么没把你给打死呢,连长,送你到你母亲的世界里去。你就收拾了十个波兰小贵族阶级,就如此嘚瑟,我们收拾了几百个时,都没有叫你帮忙……如果你是一名工人,那么就管好你自己的事情……"

安德留什卡从马鞍上扔下裤子和两件制服,鼻子里喘了声粗气,然后转身,离开骑兵连连长,开始帮我编制剩下的俘虏的名单。他在我旁边踱来踱去,鼻子喘得异常吵闹。俘虏们从安德留什卡那里号叫着逃走,他追赶上他们,并将他们抱在一起,就像猎人将芦苇抱在怀里,以便看清楚在黎明时飞向小河的鸟群。

与俘虏磨蹭,我真是把所有咒骂的话都骂遍了,凑合登记了八个人,他们的部队番号,武器类型,然后到了第九个人。第九个是一个年轻人,看起来像一个来自不错的马戏团的德国体操运动员。年轻人长着德国人白色的胸部,蓄着一小撮胡须,穿着一件针织紧身衣和一条狙击骑兵的裤子。他转向我,胸上的两个乳头高耸着,他将汗湿的浅色头发拨到后面,报出自己部队的番号。这时,安德留什卡抓住他的裤子并严肃地问道:

"裤子是从哪里得到的?"

"妈妈编织的。"俘虏回答道,晃了晃身子。

"你有一个工厂式的妈妈,"安德留什卡说道,打量着他,用指尖触摸波兰人好看的指甲,"你有一个工厂式的妈妈,我们的兄弟可没有人能织成这样的……"

他再一次摸了摸狙击骑兵的裤子并用手抓住了第九个人,以便将他带到已经被记录下来的其余俘虏身边。但就在那一刻,我看到特鲁诺夫从小山后面爬了出来。血液从骑兵连连长的脑袋上流了下来,就像草垛上的雨水一样,一块肮脏的抹布展开了,挂在头上,他肚子贴在地上,向前爬行着,手里握着卡宾枪。这是一种日本式的卡宾枪,涂着漆,有很强的杀伤力。在二十步外的地方,帕沙打碎了那个年轻人的头骨,波兰人的脑汁落在了我的手上。这时,特鲁诺夫把弹壳从枪膛里扔了出去,走近我。

"划去一个。"他指着名单说。

"我不会划去的,"我回答着,浑身打着战,"显然,托洛茨基没有给你写下这样的命令,帕沙……"

"划去一个!"特鲁诺夫重复着,用黑色的手指戳着纸。

"我不会划去的,"我使出浑身的力气喊道,"本来是十个,现在就剩下八个了,师部不会轻饶你的,帕沙……"

"在师部,通过我们悲惨的生活,他们会放过我们的。"特鲁诺夫回答道,然后向我走来,衣服都被撕裂开来,声音嘶哑,一副不清醒的样子。但随后他停了下来,抬起血淋淋的头望向天空,带着一种痛苦的责备说道:"你喊吧,你喊吧。"他说:"瞧见没,那边也喊起来了……"

骑兵连连长向我们指了指天空中的四个点,四架轰炸机穿过天鹅绒般闪亮的云层。这些是来自方特列罗少校航空大队的飞机,大型装甲飞机。

"上马!"骑兵连的排长们喊着,看到飞机后,他们迅速带着自己的骑兵队前往森林,但是特鲁诺夫没有和他的连队一起离开。他留在车站大楼,靠在墙上,沉默不语。安德留什卡·沃斯米列托夫和两名穿着深红色马裤的机枪手站在他身边,惊恐万分。

"干掉螺旋桨,伙计们,"特鲁诺夫跟他们说道,血液淌过他的脸颊,"这是我要给普加乔夫的报告……"

特鲁诺夫用巨大的庄稼汉式的字母在一张撕得歪歪斜斜的纸上写道:"今天我就要战死沙场了。"他写道:"我有义务让两名战士在可能的时候击落敌人,同时我命令谢苗·戈洛夫指挥骑兵连……"

他把信封好,坐在地上,使劲把靴子从脚上拽了下来。

"穿上它,"他说着,把报告和靴子递给机枪手,"穿上它吧,靴子是新的……"

"祝你好运,指挥官。"机枪手喃喃地回应着他,倒换着脚,犹豫着是否要离开。

"也祝你好运,"特鲁诺夫说,"不管怎样,伙计……"他走到架在车站岗亭旁边的机关枪那儿。捡破烂儿的安德留什卡·沃斯米列托夫在那里等着他。

"不管怎样,"特鲁诺夫说,并开始用机关枪对准敌机,"你和我在一起吗,安德留什卡?"

"耶稣上帝,"安德留什卡用一种惊恐的声音回答,呜咽着,脸色煞白,笑了起来,"耶稣上帝,圣母啊!"

他开始用第二挺机枪指向飞机。

飞机在车站上方飞得更陡峭,在高空疾驰,发出爆裂声,然后又降下来,画出弧形,太阳粉红色的光线落在它们闪着光辉的翅膀上。

这时,我们第四骑兵连坐在森林里。在森林里,我们等待帕沙·特鲁诺夫与美国军官雷金纳尔德·方特列罗少校之间力量悬殊的战斗结束。少校和他的三名轰炸机飞行员在这场战斗中展示了他们的技能。他们向下俯冲至距离地面三百米，用机关枪首先击中了安德留什卡，然后是特鲁诺夫。我们射出的所有子弹都没有对美国人造成伤害；飞机飞到了一边，没有注意到隐藏在森林里的骑兵连。因此，等了半个小时后，我们运回尸体。安德留什卡·沃斯米列托夫的尸体被他的两名在我们骑兵连服役的亲戚抬走了，而我们的指挥官特鲁诺夫被我们带到哥特式风格的索卡尔，并埋葬在一个庄严的地方——市中心一个公园的花坛里。

两个伊万

辅祭阿盖耶夫从前线逃走了两次,他被送去莫斯科苦役团。总司令谢尔盖·谢尔盖耶维奇·加米涅夫在出发去前线之前,曾去莫扎伊斯克视察过这个团。

"我不需要他们,"总司令说,"把他们遣回莫斯科清理厕所吧……"

在莫斯科,他们勉强从苦役团重组为补充连,其中就有辅祭。他抵达了波兰前线,并在那里聋了耳朵。来自部队换药室的医师助手巴尔苏茨基与他一起度过了一个星期,也没有让他的固执减去丝毫。

"去他的吧,去他的聋子吧,"巴尔苏茨基跟卫生员索伊琴科说,"去辎重队找一辆大车来,我们把辅祭送到罗夫诺进行测试……"

索伊琴科去了辎重车队,弄来了三辆大车,在第一辆车上坐着车夫阿金菲耶夫。

"伊万,"索伊琴科跟他说,"你把聋子送到罗夫诺去吧。"

"我可以送他去。"阿金菲耶夫回答道。

"那你给我一张收据吧……"

"我明白了,"阿金菲耶夫说,"是什么原因造成他耳聋的?"

"自己的命比别人的都金贵,"卫生员索伊琴科有条不紊地说道,"总是有原因的。他是共济会成员,而不是聋子……"

"我可以送他去。"阿金菲耶夫重复道,然后驾着车跟在其他大车后面。

三辆大车聚集在换药室旁。在第一辆车里坐着分到后勤处的护士,第二辆车负责运送一个肾脏有炎症的哥萨克人,第三辆车坐着辅祭伊万·阿盖耶夫。

完成所有工作后,索伊琴科叫来了医师助手。

"我们的共济会成员走了,"他说,"革命法庭的车队把他运走了,开了收据。现在他们就要出发了……"

巴尔苏茨基看着窗外,看到大车后,冲出了房子,满脸通红,没有戴帽子。

"哎,你这是想要他的命呀!"他向阿金菲耶夫喊道,"需要让辅祭坐到另一辆车上去。"

"你要让他坐哪一辆,"站在附近的哥萨克人回答道,并笑了起来,"我们的伊万到处都能找到他……"

阿金菲耶夫站在他的马旁边,手里拿着鞭子。他脱下帽子礼貌地说:

"您好,医师助手同志。"

"您好,朋友,"巴尔苏茨基回答道,"你是一头野兽,需要让辅祭坐到另一辆车上去……"

"我很好奇,"这时,这个哥萨克尖叫着,他的上唇在他那令人目眩的牙齿上颤抖着,"我很好奇,当敌人用无法言语的手段虐待我们时,这合适不合适呢?当敌人把我们打到奄奄一息,当敌人给我们的双腿绑上重物,双手缠上蛇时,这合适不合适呢——在这个致命的时刻塞上我们的耳朵,这是否合适呢?"

"伊万支持政治委员,"第一辆车的车夫郭罗特科夫喊道,"哦,支持……"

"什么'支持'不'支持'!"巴尔苏茨基喃喃自语道,转过身去,"我们都支持。只是必须实打实地把事情完成好……"

"他在听着呢,我们的聋子。"阿金菲耶夫突然打断了医师助手的话,用肥胖的手指转着他的鞭子,笑了笑,对辅祭递了个眼色。辅祭坐在马车上,向下垂着巨大的肩膀,晃动着脑袋。

"好吧,与上帝一起离开吧!"医师助手绝望地大喊道,"你要给我全权负责,伊万……"

"我同意,"阿金菲耶夫若有所思地说,低下了头。"坐稳了,"他对辅祭说,没有转身,"坐稳了。"哥萨克重复着,手里抓着缰绳。

大车排成一排,一辆接一辆地在公路上奔驰起来。最前面的是郭罗特科夫,阿金菲耶夫排在第三个,他用口哨吹着歌曲,挥舞着缰绳。就这样行进了十五俄里,快到晚上时,他们被突然出现的如春汛般的敌军冲散了。

在七月二十二日这一天,波兰人迅速转变策略,摧毁了我军后方,突袭科津得手,并从第十一师俘获了许多士兵。第六师骑兵连被派往科津地区对抗敌人。部队闪电机动,切断了车队的移动路线,革命法庭的大车沿着战斗沸腾的悬崖徘徊了两个昼夜,在第三天晚上才摆脱出来继续前进,我军的后方部队也在沿着大车离开的道路撤退。午夜,在这条路上,我遇见了这几辆大车。

摆脱了绝境之后,我在战后的霍京遇见了他们。在霍京城下的战斗中,我的马被杀了。丢了马之后,我改乘卫生队的马车,顺路收容伤员。直到天黑,健康的人被丢下了马车,而我便独自一人留在一间倒塌的小屋里。黑夜像乘着活泼的马儿一样飞向我,马车的号叫弥漫在宇宙之间。地面被尖叫声包围,道路都消失了。星星从夜晚凉爽的肚子里爬出来,被遗弃的村庄在地平线上火光通天。我把马鞍举起来放在身上,沿着满目疮痍的田野走着,因为内急,我在转弯处停了下来。方便后浑身轻松了,扣衣服的时候,我感觉到手上溅了点尿液。我点了一只灯笼,转过身来,发现地上躺着一具浸透在尿液中的波兰人的尸体,一本笔记本和毕苏斯基的宣言碎片抛在尸体旁边。笔记本上记录着一些零碎的费用花销、克拉科夫戏剧院的剧目场次和名叫玛利亚·卢伊莎的女人的生日。我用元帅和总司令毕苏斯基的宣言从这个不知名的兄弟的头骨上擦掉了尿液,在马鞍的重压下躬身离开了。

就在这时,有车轮不知道在附近哪里呻吟着。

"停!"我喊道,"是谁来了?"

黑夜像乘着活泼的马儿一样飞向我,火焰在地平线上蜿蜒。

"革命法庭的。"一个被黑暗压碎的声音回答道。

我向前跑去,撞在了一辆大车上。

"他们杀了我的马,"我大声说道,"他们称这匹马为拉夫里克……"

没有人回答我。我爬上了大车,把马鞍放在我的头下,睡着了,直到天亮,我才睡醒,被潮湿的细干草和偶然遇到的邻居伊万·阿金菲耶夫身体捂得暖和和的。早上,哥萨克在我后面醒来。

"天终于亮了,上帝保佑。"他说着,从小箱子下方掏出一把左轮手枪,在辅祭的耳朵上方开了一枪。辅祭坐在他正前方,驾着马。浅灰色的头发在他秃顶的头上飘扬着。阿金菲耶夫再次在另一只耳朵上方开了一枪,然后将枪收进枪套里。

"早上好,伊万!"他对辅祭说,喘吁吁地穿上鞋子,"该折磨折磨他了,怎么样?"

"伙计,"我喊道,"你在干吗?"

"我正在做什么,一切都还不够,"阿金菲耶夫回答道,拿着食物,"他在我面前假装了三天了……"

这时,从第一辆车里传来了郭罗特科夫的回应,郭罗特科夫是我在第三十一团时的熟人,他给我讲述了关于辅祭的整个故事。阿金菲耶夫转过身来,专注地听着,然后从马鞍下面拉出一条烤牛腿。牛腿被包在粗麻布里,沾上了一些干草。

辅祭从赶车的位置上爬到我们身边,用刀切开绿色的肉,然后分发给每个人一块。吃完早餐后,阿金菲耶夫把牛腿用一个袋子装好,塞进干草里。

"伊万,"他对阿盖耶夫说,"过来驱赶恶魔吧。无论如何得停车休息一下,马儿太疲劳了……"

他从口袋里拿出一小瓶药,一支塔尔诺夫斯基注射器,递给了辅祭。他们下了车,走了二十步,走进了田地。

"护士,"郭罗特科夫在第一辆车上喊道,"将你的目光移向远方,免得被阿金菲耶夫的宝贝弄得不知所措。"

"我用工具把你们都阉了。"那个女人嘟囔着,然后转过身去。

阿金菲耶夫卷起衬衣,辅祭跪在他面前,进行注射。然后辅祭用抹布擦了擦注射器,在阳光下看了看。阿金菲耶夫提起裤子,利用这个空档走到辅祭的背后,再一次在辅祭的耳朵边上开了一枪。

"你是我们自己人,伊万。"他说着,扣上扣子。

辅祭把小药瓶放在草地上,站了起来。他的浅色头发飘了起来。

"最高法院将会审判我,"他带着鼻音说,"你无权处置我的,伊万……"

"现如今每个人都对其他人进行着审判,"第二辆车的司机插进话来,他看起来像一个活泼的驼背,"给判个死刑是非常简单的……"

"这是最好不过了,"阿盖耶夫说道,直起身来,"杀了我吧,伊万……"

"不要瞎闹,辅祭,"郭罗特科夫走过来,以前我就认识他了,"你该明白,你和什么人在一起行走。要是另一个人,会把你当成一只鸭子一样给杀了,而不会让你在这儿嘎嘎地叫,他是想从你这里搞明白真相是什么,并且在教你这个被免去教衔的教士……"

"这岂不更好,"辅祭顽固地重复着,并走上前,"杀了我,伊万。"

"你杀了你自己吧,混蛋,"阿金菲耶夫回答道,面色苍白,嘴巴都不利落了,"你给你自己挖一个洞,把自己埋进去吧……"

他挥了挥手,撕开胸口的衣服,倒在地上,癫痫病发了。

"哎呀,你真是我的心肝宝贝儿!"他疯狂地喊道,将沙子撒到自己脸上,"哎呀,你真是我痛苦的心肝宝贝儿,你是我的苏维埃政权……"

"伊万,"郭罗特科夫走近他,温柔地把手放在他的肩膀上,"别吵,亲爱的朋友,别伤心了。要走了,伊万……"

郭罗特科夫把水含进嘴里,接着把水喷在阿金菲耶夫身上,然后将他放到大车上。辅祭再次坐到赶车的位子上,我们便继续向前行驶了。

离韦尔巴镇不超过两俄里路了。那天早上,无数的大车聚集在镇上。这是第十一师、第十四师和第四师来了。肩膀高耸、穿着背心的犹太人像脱毛的鸟儿一样站在家门口。哥萨克人挨家挨户收集毛巾,吃着未成熟的李子。阿金菲耶夫一抵达那儿,就爬进干草堆睡着了,我从他的大车上取下毯子,打算去找一个阴凉的地方。但是道路两旁的田野里到处都是粪便。一个戴着铜框眼镜和蒂罗尔帽子、留着胡子的男人,在旁边看着报纸,遮住了我的视线,他说道:

"我们被称为人,可排起粪便来,比豺狼更糟糕,连大地都感到惭愧……"

然后,他转过身去,再次开始通过他的大眼镜读起报纸来。

我从左侧跑进树林,看到辅祭离我越来越近了。

"你去哪里的,老乡?"郭罗特科夫从第一辆车里向他喊道。

"上厕所了,"辅祭咕哝道,抓住我的手,并亲吻了一下。"你是品行端正的先生,"他低声说,跟我挤眉弄眼的,浑身发抖,喘着粗气,"拜托您在空下来的时候帮我写一封信寄到卡西莫夫市,让我的妻子为我哭泣……"

"你是聋子,辅祭先生,"我喊道,"不是吗?"

"我错了,"他说,"我错了。"并竖起了耳朵。

"你到底是不是聋子,阿盖耶夫?"

"是的,我聋了,"他急忙说道,"这三天,我确实听得十分清楚,但阿金菲耶夫同志用枪击削弱了我的听力。他们,阿克菲耶夫同志,不得不在罗夫诺把我交上去,但我想他们不太可能送走我……"

辅祭跪在地上,一头扎进大车之间,向前爬行,整个人披头散发,然后他站了起来,从缰绳之间钻出来,走近郭罗特科夫。郭罗特科夫给他倒了些烟丝,他们卷起烟来,互相点燃。

"这里安稳点。"郭罗特科夫说道,把他旁边的地方腾空了。

辅祭坐在他旁边,他们都沉默了。

后来阿金菲耶夫醒了,他从袋子里把牛腿扔了出来,用刀子切了绿色的肉,然后将它分发给每个人。看到这条腐烂了的牛腿,我感到虚弱和绝望,把肉还给了他们。

"再见了,伙计们,"我说,"祝你们好运……"

"再见。"郭罗特科夫回答。

我从车上拿起马鞍离开了,当我离开时,我听到伊万·阿金菲耶夫的无休止的嘀咕声。

"伊万,"他对辅祭说,"你太失策了,伊万。你该害怕我的名字才对,可你却坐在了我的车里。好吧,如果你仍然能够活下去,就不要和我耍花招,所以现在我一定要你好看,伊万,我是一定会要你好看的……"

一匹马的故事续集

四个月前,我们的前师长萨维茨基从第一中队指挥官赫勒布尼科夫手中抢走一匹白色种马。后来,赫勒布尼科夫离开了军队,今天萨维茨基收到了他的一封信。

赫勒布尼科夫给萨维茨基的信

我对布琼尼的军队没有任何抱怨,我可以理解在军队里的遭遇,并把它们牢记在心里,将它们看作比圣物更为纯洁的东西。现在我在维杰布席纳市担任革命委员会主席,这里的劳动群众向您,一个世界性的英雄,萨维茨基同志,发出无产阶级的号召:"进行世界革命!"并祝愿您的白马能为了所有人的自由和兄弟共和国的利益,沿着平稳的道路多跑几年,在兄弟共和国里,我们应该特别关注地方当局和乡镇行政单位……

萨维茨基给赫勒布尼科夫的信

矢志不移的赫勒布尼科夫同志！你给我写的那封信，对于我们共同的事业来说是非常值得称道的。特别是在你如此愚蠢，用双手遮住眼睛，退出我们的布尔什维克共产党之后。赫勒布尼科夫同志，我们的共产党是由前线那些头可断、血可流的战士们组成的钢铁队伍。当血流从钢铁中淌出，同志，这对你们来说，不是一个笑话，是胜利，或者死亡。对于我们共同的事业来说亦是如此，我是等不及看到它的繁荣了，因为战斗很残酷，指挥人员每两周更换一次。我动用后卫打了十三天，就是为了在敌人的步枪、火炮和飞机的火力下，给第一骑兵军构建一道不可攻克的屏障。塔尔德、卢赫马尼科夫、雷克申科、卢列沃伊、特鲁诺夫都牺牲了，我骑的那匹白色的种马也阵亡了，军人的命运变幻莫测，因此，你就别抱希望见到亲爱的萨维茨基师长了，赫勒布尼科夫同志，就算见面了，说白了，也就是在天国了，但有传言说，对老人来说天上没有天国，只有各种形式的妓院，可地球上的脏病已经够多了，所以，也许我们再也不会相见了。永别了，赫勒布尼科夫同志。

寡　妇

团长谢韦廖夫在卫生队的马车上徘徊在生死边缘，一个女人坐在他的腿旁。被大炮的闪光刺穿的夜晚，在垂死的人身上笼罩着。师长的车夫廖夫卡将饭盒中的食物加热，廖夫卡的刘海在火上悬着，被拴住的马儿在灌木丛中嘎吱作响地吃着草。廖夫卡用树枝在饭盒里搅拌着，向直直卧在卫生队马车上的谢韦廖夫说道：

"同志，我曾经在久木列克城里工作过，表演马上特技，也曾经是一个轻量级的举重运动员。当然，小镇对女人来说很郁闷，女士们看到我，挤得墙壁都要倒塌了……廖夫·加夫里雷奇（廖夫卡的名字和父称。译者注），不要拒绝照着菜单点些吃的，你不要后悔无可挽回地失去时间……我和其中的一位去了旅馆，我们要了两份小牛肉，还有半俄升酒，我们安安静静地坐着，喝着酒……我看见，有一位先生向我走来，穿着体面，干净，但我注意到他在胡乱猜着什么，他自己也喝醉了……

"'不好意思，'他说，'顺便问一句，你来自哪个民族？'

"'出于什么原因,'我问,'先生,你要问我是哪个民族的?当我在和女士一起约会的时候。'

"……而他说:

"'你是什么运动员……'他说,'在法国比赛中,你根本就不配上场。老实交代,你是哪个民族的?'

"……但是,我还是没有打他。

"'为什么您,我不知道您的名字和父称,会挑起这样的疑问,现在真的必须要有一个人在这里消失吗,换句话说,躺在这里就剩一口气吗?'躺在这里就剩一口气……"廖夫卡兴奋地重复着,他的双臂向天空伸展,让夜晚像一个光环一样环绕着自己。不知疲倦的风,夜晚的纯净的风歌唱着,悦耳地吹着,撩人心脾。星星在黑暗中像结婚戒指一样发光,落在廖大卡身上,散在蓬乱的发间,熄灭了。

"廖夫卡,"谢韦廖夫突然用发青的嘴唇低声说,"过来,还有点黄金,给萨什卡,"受伤的谢韦廖夫说道,"戒指,马具,一切都归她所有。我们认真地过日子……该给她。衣服,里裤,英雄勋章,给在捷列克的我母亲。随着信一起寄掉,在信上就写:'指挥官在此鞠躬,不要哭。小屋给你,老太太,一定要活着。如果谁要碰你,就去找布琼尼,说:我是谢韦廖夫的妈妈……'我的马阿布拉姆卡移送给团里,以此纪念我的灵魂……"

"这匹马我知道怎么办,"廖夫卡嘟囔着,挥动着他的手臂。"萨什卡,"他对那个女人喊道,"你听到他说的话了吗?……你当面说,你会把那些东西给老太太吗?"

"去你娘的。"萨什卡回答道,直接走进灌木丛,像个瞎子一样。

"你会把那份东西给老太太吗?"廖夫卡追赶着,抓住她的喉咙问,"当着他的面说……"

"我会给。放开我!"

廖夫卡强迫她说完,就将饭盒从火上取下,开始将汤倒入垂死者的僵硬的口中。汤从谢韦廖夫的嘴里流出来,勺子碰着他闪闪发光、死气沉沉的牙齿发出响声,在空旷的黑夜里,子弹更加忧愁和强烈地呼啸着。

"在用步枪,混蛋。"廖夫卡说。

"这些走狗,"谢韦廖夫回答道,"在用机枪攻击我们右侧的部队……"

然后,他庄严地闭上眼睛,像桌子上的死人一样,开始用他肥大的、蜡黄的耳朵细细听战斗的过程。在他旁边,廖夫卡正在嚼着肉,嘎吱嘎吱地喘着粗气。吃完肉后,廖夫卡舔了舔嘴唇,将萨什卡拖到凹地里。

"萨什卡,"他说,颤抖着,打着饱嗝,扭动着他的手臂,"萨什卡,就像在上帝面前一样,所有人都在罪恶之中……一旦你活着,你就会死去。屈服吧,萨什卡,我将用鲜血为你服务……他已经走了,萨什卡,我们还要活着……"

他们坐在高高的草地上,月亮从云层后面缓慢地爬出来,停在萨什卡裸露的膝盖上。

"你们取暖吧,"谢韦廖夫嘟囔着,"看,追上第十四师了……"

廖夫卡在灌木丛中嘎吱作响,喘着气。朦胧的月亮像乞丐一样在天空中徘徊,遥远的射击声飘浮在空中,针茅草在地上沙沙作响,八月的星星落进了草地里。

之后萨什卡回到原来的位置,她开始给受伤的谢韦廖夫换绷带,并在腐烂的伤口上举起灯笼。

"明天你就要走了,"萨什卡说,擦了擦谢韦廖夫的汗水,"明天你就要离开了,死亡已经在你的身体里了……"

就在那一瞬间,汹涌密集的炮弹打击倾落到地上。由敌人联合指挥的四个新组建的旅投入了战斗,向布斯克发射了第一批炮弹,破坏了我们的通信,点燃了布格河上的界标。顺势而起的火焰从地平线上熊熊升起,庞然大鸟般的炮弹从火堆中飞了出来。布斯克燃烧了起来,廖夫卡驾着第六师师长摇摆的马车飞速穿过树林。他拉着深红色的缰绳,涂了油漆的轮子击打着树桩。谢韦廖夫的卫生马车在他后面横冲直撞,精神高度集中的萨什卡驾着几匹套在一起驰骋的马。

就这样,他们到达了位于森林边缘的包扎站。廖夫卡把马匹从车上卸下,就去找负责人要一条毯子。然后他走向了停满大车的森林。车子下面露出护士们的身体,胆小的黎明之光照射在士兵的羊皮大衣上。睡着的人们把靴子到处乱扔,仰面朝天,嘴巴张开歪斜着,像黑洞一般。

毯子在负责人那里找着了。廖夫卡回到谢韦廖夫身边,亲吻了他的前额并用毯子盖住了他的头部。然后萨什卡走到了马车旁边,她把一块头巾在她的下巴上系了个结,从她的裙子上抖落了一些干草。

"巴甫利克(谢韦廖夫的昵称。译者注),"她说,"我的耶稣基督。"她侧身躺在那个死人身边,用她丰满的身体遮盖住了他。

"她难过呢,"廖夫卡说,"什么都不说,他们曾经生活得很好。"

现在她再次要被整个中队打扰。生活不甜啊……"

他继续驾车前往第六骑兵师总部所在地布斯克。

在距布斯克十俄里的地方,在投向波兰人的雅科夫列夫的指挥下,叛军同萨维茨基的哥萨克的战斗如火如荼。叛军们都表现得很勇敢。师长和部队在一起已经两个昼夜了,廖夫卡在总部没有找到他,于是回到自己的小屋,清理马匹,用水洗了洗马车的轮子,然后在草棚里躺下睡了。棚屋里装满了新鲜的干草,和香水一样散发着令人振奋的味道。廖夫卡睡醒了就坐下来吃午饭,女主人给他做了土豆,还在土豆上面淋了酸奶。当管乐器的哀悼声和马儿的蹄声在街上响起时,廖夫卡已经坐在桌边了。配有小号手和军旗手的骑兵连沿着蜿蜒的加利西亚街道行进。谢韦廖夫的尸体横卧在马车上,上面覆盖着军旗。萨什卡骑在谢韦廖夫的种马上,跟在棺材后面,哥萨克的歌曲从后排飘来。

骑兵连沿着主要街道,朝河流走去。廖夫卡赤着脚,没有戴帽子,向远去的队伍跑,抓住了骑兵连连长的马缰绳。

无论是停在十字路口旁向死去的指挥官致敬的师长,还是师部的其他人,都没有听到廖夫卡对骑兵连连长所说的话。

"里裤……"顺着风我们只听到了只言片语,"捷列克的母亲……"我们听到廖夫卡断断续续的尖叫声。骑兵连连长没有听完,就夺回他的缰绳并将手指向萨什卡。那个女人摇了摇头,然后继续骑马往前走。廖夫卡跃上她的马鞍,抓住她的头发,掰过头,用拳头砸向了她的脸。萨什卡用她的裙子下摆擦了擦血,继续骑马往前走去。廖夫卡从她的马鞍上下来,把他的额头往后甩了一下,并在他的大腿上系了一条红色的围巾。悲鸣的军号声引领着骑兵连继续前行,把他们带到了闪闪发光的布格河边。

廖夫卡很快回到我们身边,大声喊道,他的眼睛闪着光芒:

"我彻底教训了她一顿……如果有必要的话,她说,会送给老太太的。她还说,会记得他死去的日子。我跟她说,记住,不要忘记,毒蛇般的女人……你要是忘了,我们会提醒的。你再忘记,我们再提醒。"

扎莫斯季耶

师长和师部的其他人躺在距扎莫斯季耶三俄里的收割过的田野上。部队要在夜间袭击这座城市。按照军部命令的要求,我们要在扎莫斯季耶过夜,师长在等待胜利的消息。

下起雨来了,风儿和黑暗在被水淹没的土地上飘荡着,星星的光芒被黑漆漆的乌云遮住了。筋疲力尽的马儿在黑暗中叹息着,腿打着战。它们什么也没的吃。我把马缰绳绑在自己的腿上,裹着我的雨衣,躺在一个坑里,坑里积着满满的水。被雨水浸得软涨的大地为我打开了坟墓般令人安心的拥抱。马儿拖直了缰绳,开始扯着我的腿。它发现了一堆草,吃了起来。然后我睡着了,我在梦中看到一个满是干草的棚子。棚子上面,满是灰尘、金光闪闪的打谷场在嗡嗡作响。一捆捆小麦在天空飞扬,七月的白天成了傍晚,树林似的晚霞映照在村庄上空。

我舒展地在一张安静的床上躺下,颈背下的干草抚摸着我,让我神魂颠倒。然后谷仓的门被吱吱地推开了,一个女人穿着参加舞会的衣服走近我。她把乳房从胸前的黑色蕾丝衣襟中掏出来,小心翼翼地靠近我,像喂食一样。她把胸部放在我的胸前,折磨人的温暖震撼着我的心灵深处,汗水真实地流着,在我们的乳头之间沸腾。

"玛尔戈,"我想喊道,"大地用灾难的绳索牵引着我,就像牵着一只固执的狗,但我还是看见了您,玛尔戈……"

我想喊出来,但我的嘴巴突然被冻住了,不能张开。

然后那个女人离开我,跪了下来。

"耶稣,"她说,"请接受离你而去的仆人的灵魂吧……"

她在我的眼睑上按下了两枚磨损了的五戈比,并用香气四溢的干草塞满我的嘴巴。号叫声在我冻住的双颚周围左激右荡,失去光彩的眼珠在铜板下慢慢转动,我怎么都无法张开双手,然后……惊醒了过来。

一个留着胡子的庄稼汉站在我面前,他手里拿着一支枪,马儿的背如同一个黑色十字架把天空切割开来,紧绷着的缰绳死死勒着我向上撅起的腿。

"你睡着了,老乡,"庄稼汉说道,缺觉的眼睛微笑着,"那匹马拖着你走了半俄里……"

我解开缰绳,站了起来,血液从被杂草割破的脸上流下来。

那时,在我们两步开外的地方,就是先头的散兵线。我可以看到扎莫斯季耶的烟囱,犹太人居住区的狭窄道路上战战兢兢的灯火和没有亮光的瞭望台。潮湿的黎明像氯仿一样流淌在我们身上,绿色的信号弹在波兰阵营上空升起。它们在空中摆动飘扬,然后像月亮下的玫瑰一样粉碎,渐渐消失。

在沉默中,我听到了一声来自远处的轻轻的呻吟声。暗中屠杀的烟雾潜伏在我们身边。

"他们在杀一个人,"我说,"谁在被杀呢?……"

"波兰人惊慌失措,"庄稼汉回答着我,"波兰人在杀犹太人呢……"

庄稼汉把枪从右手移到左手上,他的胡子完全蜷缩到一侧,他友善地看了看我,说:

"散兵线上这些漫长的夜晚永无止境。现在有一个人想找另一个人聊一聊,但他去哪里找另一个人呢?"

庄稼汉强逼着我过了他的火抽烟。

"犹太人在所有人面前都是有罪的,"他说,"我们的和你们的人。他们在战后只会有少量人幸存。世界上有多少犹太人?"

"一千万。"我回答说,然后开始给马套上嚼子。

"他们最后估计只剩二十万人。"那个庄稼汉喊道,握着我的手,害怕我会离开。但是我爬上了马鞍,飞驰到了师部所在的地方。

师长准备离开。勤务兵们直挺挺地站在他面前,睡着觉。匆匆忙忙的骑兵连在潮湿的土丘上爬行。

"我们的螺丝帽都给我拧好了。"师长低声说道,然后离开了。

我们跟着他骑行在前往西塔涅茨的路上。

又开始下雨了,死老鼠在路上的水坑里漂着。秋天用伏击包围了我们的心脏,树木像一具具裸露着的死尸,双脚站立着,在十字路口摇晃。

我们早上到达了西塔涅茨。我和师部的设营员沃尔科夫在一起,他在村子的边缘为我们找到了一间空着的小屋。

"酒呢?"我对女主人说,"给我们酒、肉和面包!"

这位老妇人坐在地板上,正用她的手喂养一头躲在床下的小母牛。

"什么都没有,"她无动于衷地回答,"我都不记得什么时候有过了……"

我坐在桌边,摘下左轮手枪,睡着了。过了一刻钟,我睁开了眼睛,看到沃尔科夫在窗台上弯着腰,他给未婚妻写了一封信。

"最最亲爱的瓦莉娅,"他写道,"你还记得我吗?"

我读了第一行,然后从口袋里取出火柴,放火烧了地上的一堆干草。被解放的火焰闪闪发光,蹿向我。老妇人用胸脯压住火,把火熄灭了。

"你在做什么,先生?"老太太说着,惊恐地往后退了退。

沃尔科夫转了一下身,看了看女主人,又开始写信。

"烧死你,老太婆,"我喃喃自语,睡着了,"烧死你和你偷来的小母牛。"

"别别!"女主人高声喊道。她跑进走廊,然后带着一壶牛奶和面包回来了。

我们还没来得及吃到一半,院子里传来了枪声。枪声很密,响了很长时间,听得我们都厌倦了。我们喝完了牛奶,沃尔科夫走进院子里,想弄清楚发生了什么事。

"我给你的马备好鞍了,"他透过窗户告诉我,"我的马被射中了,最好不要了。波兰人在百步外架起了机枪。"

现在我们两个人只剩下一匹马了,它勉强能把我们带出西塔涅茨。我坐在马鞍上,沃尔科夫靠在我后面。

辎重队也在飞奔着,咆哮着,沉陷在了烂泥里。早晨的阳光从我们身上流出,就像氯仿流向医院的急救台。

"你结婚了吗,柳托夫?"坐在后面的沃尔科夫突然说。

"我的妻子离开了我。"我回答说,打了一会儿盹,我梦见睡在床上。

沉默。

我们的马儿步履蹒跚。

"再跑两俄里的话,我们的马儿就太疲劳了。"坐在后面的沃尔科夫说。

沉默。

"我们输了这场仗。"沃尔科夫嘟囔着,打着鼾。

"是的。"我说。

背　叛

"侦察员布尔坚科同志，对于你的问题，我现在作出回答，我持有党证，号码是二四〇〇，由克拉斯诺达尔党委发给我尼基塔·巴尔马舍夫。直到一九一四年，我都生活在家里，在那里我与父母一起耕种，之后从耕作转为加入帝国主义者的行列，以保护公民彭加勒（对苏俄武装干涉的组织者之一，曾出任法国总统。译者注）和德国革命的迫害者艾伯特，应该知道，他们就算睡着了，在梦中也会想着要如何帮助我的故乡圣库班州的伊万镇。因此，我和他们维持着这样的联系，直到列宁同志和托洛茨基同志一起把我残酷的刺刀拨正，并更准确地指出肠道和新的肠膜在哪里。自那时以来，我才把二四〇〇这个号码刻在刺刀尾部的可见之处，所以现在很惭愧，也觉得很有趣，从你那里听到关于某医院的一些不实消息，侦察员布尔坚科同志，我没有射击或是攻击过这家医院，这不可能。我们三个人受伤了，即战士格罗维琴、战士古斯托夫和我，我们骨头里发着烧，但并没有发起进攻，只是穿着医院的病号服站在广场上的犹太人群中哭泣。至于我们用左轮手枪损坏的三块玻璃，我会从内心深处说，玻璃装得不符合它们的用处，因为它们根本没有必要被装在小储藏室里。而亚瑟因医生，看到我们这个痛苦的射击，只是站在医院的窗口旁露出各种不同的嘴脸嘲笑我们，关于这一点，上面提到的科津镇的犹太人可以证实。关于亚瑟因医生，我可以给你更多信息，侦察员同志，当我们三个人受伤时，也就是战士格罗维琴、战士古斯托夫和我，最初进来治疗的时候，他就取笑我们，他说的第一句话就太粗鲁了：你们，战士们，去浴室里洗个澡，在这一分钟内请扔掉你们的武器和衣服，我担心它们会引发感染，它们会被放到我的兵器库里……那时，战士古斯托夫看到的是一头野兽，而不是一个人，他用自己的断腿走上前去，反问道，除了我们革命的敌人，在库班锋利的军刀上，能有什么感染，同时他对兵器库也很感兴趣，放置东西的地方是否真的有党员，或者相反，有位非党群众。然后，看得出来，亚瑟因医生显然注意到我们对背叛有着很好的理解。他转过身去，一言不发，把我们打发回病房，又带着不同的微笑看着我们，我们走着，蹒跚着断腿，挥动着残缺的双臂，彼此搀扶着，因为我们三个人是来自圣伊万小镇的老乡，也就是格罗维琴同志、古斯托夫同志和我，我们是有着共同命运的同胞，我们中断了腿的人就抓住别人的手，没有手臂的人就靠在其他同志的肩膀上。根据给出的命令，我们去了病房，在那里我们期望看到文化娱乐活动和对事业的忠心耿耿，但你们知道，当我们进入病房时看到了什么吗？我们看到几名红军战士，都是步兵，坐在铺好的床上，玩着跳棋，和他们一起的还有几个高个子的护士，胖胖的，站在窗户旁和他们调着情。看到这个场景，我们愣住了，就像被雷击中了一样。

"'伙计们，仗打结束了吗？'我惊呼道。

"'我们打完了。'受伤的战士们回答说，移了移由面包制成的棋子。

"'还为时尚早呢，'我对伤员们说，'你们离打完仗还早呢，步兵兄弟们，当敌人的软爪子仍旧在距离城镇大约十五俄里的地方徘徊时，当你们在《红色骑兵报》上仍旧可以看到我们严峻的国际形势时，地平线上还是有很多乌云。'但是我的话语从英勇的步兵身上弹了开来，就像绵羊的粪便从军鼓上弹起来一样，这番谈话的结果是，好心的护士们把我们带到病床边上，再次开始交涉，想让我们交出武器，就像我们已经被打败了一样。她们的话触痛了古斯托夫，不知如何形容，他撕开他左肩上的伤口，那伤口位于这位战士和无产阶级血红的心脏上边。见此情景，护士渐渐平息，但只是片刻的偃旗息鼓，然后再次开始她们非党派群众式的嘲笑，并让自愿受派遣的人趁我们在睡梦中时从我们身上扒去衣物，或强迫我们在文化娱乐活动时穿上不体面的女人衣服扮演角色。

"无耻的护士们……她们不止一次地为了在我们昏昏欲睡时剥掉我们的衣服而给我们下安眠药，所以我们开始轮流休息，一只眼睛保持睁开，上厕所的时候，即使没有什么需要，我们也都穿着齐全的制服，拿着左轮手枪。就这样在一周零一天的时间里遭受了如此多的痛苦，我们开始语无伦次，眼前出现异象，最后，在八月四日的早晨醒来时，我们注意到自己身上的变化，我们穿着病号服躺着，就像服苦役的犯人一样，没有武器，来自库班的弱小的老妇人、我们的母亲编织的衣服也没有了……我们看到，阳光灿烂，壕沟里的步兵和无耻的护士们正在对我们三名受伤的红色骑兵军做着下流的事情，就是前一天晚上给我们下安眠药的护士们，现在摇晃着年轻的乳房，带给我们装在盘子里的可可，甚至还在可可里浇上了牛奶！因为这场旋转木马式的游戏带来的愉悦，步兵们用拐杖发出震耳欲聋的敲击声，并在旁边对我们又揪又掐，就像对待买来的女孩那样，说布琼尼的第一骑兵军已经打完仗了。不不，卷毛伙计们，你们把肚子吃得奇大无比，夜里放起屁来像机枪一样，仗还没有打完，我们只是假装有事请假了，三个人一起走到院子里，在发着烧、满身是发青的伤口的情况下，又从院子里奔向革命委员会主席博伊捷尔曼公民那里，侦察员布尔坚科同志，如果没有他，可能也就不存在对这场射击的误解了，也就是说，如果没有那位革命委员会主席，我们也就不会如此失魂落魄了。虽然我们不能提供关于博伊捷尔曼公民的确凿材料，但一进入革命委员会，我们就注意到一位老年人，他穿着一件皮袄，是个犹太人，坐在桌子旁边，他的桌子上满是纸，看起来邋里邋遢的……博伊捷尔曼公民眼神闪烁，东张西望的，很明显，他对这些文件中的任何内容都无法理解，他被这些文件搞得十分痛苦，又加上几个不知从哪里来的、立下功勋的战士因为食物问题找博伊捷尔曼公民进行非常严肃的交涉，这时，当地的工人们插进来打断他们的谈话，说起周围村庄发生的矛盾，此外还有中心的普通工作人员希望在革命委员会中以快速而没有繁文缛节的方式结婚……于是，我们提高了声音，讲了讲在医院里发生背叛的事情，但博伊捷尔曼公民只是喘着粗气，看了看我们，再次东张西望，然后摸着我们的肩膀告诉我们，这里不是政府，这也不是政府管的事，没有给出任何决议，只是说：战士同志们，如果你们还爱惜苏维埃政权的话，那么就请离开这个房间。我们几个不能同意就这样离开房间，我们几个要求办理身份证，他们不给办，我们没有收到身份证，就丧失理智了。而且，在毫无理智的情况下，我们去了医院前面的广场，解除了一个单独行动的警察的武装，含着泪破坏了上述提及的小储藏室里的三块不合适的玻璃。亚瑟因医生对于这个令人无法接受的事实装腔作势，嘲笑讥讽，而这个时间正是古斯托夫同志四天后因病去世时！

"在他短暂、红色的生命中，古斯托夫同志每时每刻都担心背叛，背叛无时无刻地在窗外向我们眨着眼睛，它嘲笑着愚蠢的无产阶级，但无产阶级同志知道自己是愚蠢的，因为这点，我们感到痛苦，我们的灵魂在燃烧，用火焰撕碎自己身体的囚笼……

"我告诉您，侦察员布尔坚科同志，背叛在窗外嘲笑着我们，背叛在我们的房子里踱来踱去，背叛把靴子搭在它的背上，以免在洗劫一空的房子的地板上发出吱吱的响声……"

切斯尼基

第六师在切斯尼基村附近的森林里驻扎,等待着进攻信号。但第六师师长巴甫利钦柯在等待骑兵军第二旅,并没有发出信号。这时伏罗希洛夫来到师长身边,他用马的鼻子推了师长的胸膛,说:

"磨洋工,第六师师长,我们在磨洋工啊。"

"第二旅,"巴甫利钦柯低沉地回答道,"根据您的命令,正飞驰赶往事发地点。"

"磨洋工,第六师师长,我们在磨洋工啊。"伏罗希洛夫说道,然后把皮带拉了拉。

巴甫利钦柯后退了一步。

"以良心的名义,"他喊起来,并开始掰着灰色的手指,"以良心的名义说话,不要急于求成,伏罗希洛夫同志……"

"不要急于求成。"革命军事委员会的成员克里姆·伏罗希洛夫低声说,闭上了眼睛。他坐在马上,眼睛闭上了,不言不语,动了动嘴唇。一位穿着草鞋、戴着圆顶礼帽的哥萨克迷惑地看着他。在森林里奔跑着的骑兵连折断了树枝,声音就像风儿在沙沙作响。伏罗希洛夫正在用毛瑟枪梳理着马的鬃毛。

"指挥官,"他转向布琼尼,喊道,"对军队说点什么吧。你看,波兰人就站在小山丘上,像一幅画一样,嘲笑着你呢……"

事实上,通过双筒望远镜确实可以看到波兰人。军部的战士们都跃上马匹,哥萨克人开始从四面八方涌向他们。

前革命法庭的马车夫伊万·阿金菲耶夫从我旁边经过,用马镫推了我一下。

"你在队伍中,伊万?"我跟他说,"要知道,你没有肋骨……"

"我的这些肋骨物超所值啊……"阿金菲耶夫回答道,他侧身坐在一匹马身上,"去听听,大家都是怎么说的。"

他驱车前进并迎面走到布琼尼身边,布琼尼颤抖着,静静地说:

"兄弟们,"布琼尼说,"我们情况很糟糕,我们需要抖擞精神,兄弟们……"

"拿下华沙!"穿着草鞋、戴着圆顶礼帽的哥萨克人大喊起来,瞪大眼睛,在空气中挥舞着马刀。

"拿下华沙!"伏罗希洛夫喊道,驾着前蹄腾起的马匹,向骑兵连中间飞驰而去。

"战士们,指挥官们!"他充满激情地说,"在古老的首都莫斯科,前所未有的政权正在抗争着。世界上第一个工农政府命令你们,战士们和指挥官们,攻击敌人,夺取胜利。"

"举起马刀去杀敌……"巴甫利钦柯开始在首长的背后远远地

唱歌,他的深红色的嘴唇挂着白沫,在队伍中闪闪发光。师长的红色卡萨金上衣被撕破了,肉脸扭曲了。他举起锋利无比的马刀,向伏罗希洛夫致敬。

"根据革命宣誓的职责,"第六师师长喘息着,环顾四周说道,"我向第一骑兵军军事委员会报告:所向无敌的第二骑兵旅正飞驰赶来现场。"

"好好干吧。"伏罗希洛夫回答道,挥了挥手。他抖动了一下缰绳,布琼尼和他一起离开了。他们并排骑着高高的红色母马,穿着相同的制服和闪亮的镶银的刺绣裤子。战士们大呼着,紧随在他们身后移动,苍白的钢刀在血红的秋日阳光中闪闪发光。但是我没有听出哥萨克在呐喊中的齐心一致的感情,我走进森林深处,进入饮食站,等待进攻。

在那里躺着一位神志不清的受伤的红军战士,而暴躁的哥萨克人斯捷普卡·杜普利切夫正在用铁刷子清洗一匹叫作"飓风"的纯种公马,它是师长的马,母亲是罗斯托夫的记录保持者柳柳莎。受伤的红军战士喋喋不休地回忆着舒雅,回忆着未生过犊子的小母牛和一些梳下来的麻絮,而杜普利切夫唱了一首关于勤务兵和一位将军的胖老婆的歌曲,他大声地唱着,淹没了红军战士悲惨的嘀咕声,挥动着他的铁刷子,抚摸着他的马。但他的歌声被所有骑兵连共有的胖女人萨什卡闷闷不乐地打断了,她来到那个男孩身边,从马上跳了下来。

"我们成交吧,怎么样?"萨什卡说。

"滚一边去。"杜普利切夫回答说,背对着她,开始编织飓风的鬃毛辫子。

"你能为你自己的话负责吗,斯捷普卡,"萨什卡说,"或者不能?"

"滚,"斯捷普卡回答说,"我当然能为自己的话负责。"

他把所有的鬃毛都编成了辫子,然后绝望地向我喊道:

"你瞧,基里尔·瓦西里奇(柳托夫的名字和父称。译者注),请注意一下,她都是怎么虐待我的。我什么也没说,忍受她整整一个月了。无论我掉头去哪里,她都跟到哪里,无论我想怎么甩掉她,她都像我路上的篱笆一样拦住我:让我把马给她,让我把马给她。好吧,师长每天都和我说:'斯捷普卡,很多人都想要这么一匹种马,但你不能在它四岁的时候就给别人……'"

"我想你是想在它大概十五岁的时候再给别人吧,"萨什卡低声说着,然后转过身去,"恐怕十五岁的时候,就什么也没有了,到时候你只能沉默了,它只能撒尿了……"

她走到她的母马身边,把马肚带子加紧了一下,准备离去。

她鞋子上的马刺叮当作响,缕花长袜上溅满泥土,沾着干草,她巨大的乳房被向后抛到背上。

"我带了一个卢布,"萨什卡一边说,一边把上了马刺的鞋子套进马镫,"我带了它,但我又要把它带走了。"

那个女人拿出两枚全新的五十戈比,在手掌中玩弄了一下,然后又把它们藏进了怀里。

"我们成交吧,怎么样?"这时斯捷普卡说道,手里牵着那匹公马,可目光并没有从银币上移开。

萨什卡在草地上选择了一个斜坡,安置好了母马。

"看得出来,你也是一个人,和你的马儿为伴,"她对斯捷普卡说道,然后开始指挥飓风,"但只是我的母马是战地上的,两年没有交配了,开始吧,我想,我会得到好的血统……"

萨什卡驯服了种马,然后将它带到自己的母马旁边。

"姑娘,你瞧,这回我们终于可以交配了。"她低声说道,又吻了吻母马湿润的花斑嘴唇,母马嘴边还挂着唾液,她揉了揉它的脸,开始聆听穿过森林的马蹄声。

"第二骑兵旅正在奔跑,"萨什卡严肃地说道,然后转向我,"我们该走了,柳托夫……"

"不管他们在不在奔跑,"杜普利切夫扯着喉咙喊道,"混蛋,把配种的钱留下……"

"钱都在我这里。"萨什卡低声说道,然后跳上了母马。

我跟在她后面,然后我们疾驰而去。杜普利切夫的呐喊声在我们身后回荡,伴着轻轻的一下枪击声。

"注意一下!"哥萨克人大喊着,用尽全身力气在森林里奔跑。

风像一只失去理智的野兔在树枝之间跳跃,第二骑兵旅在加利西亚的橡树林里飞驰而过,炮火的烟尘在地面上静静地升起,就像升起在一个和平的村子之上。根据师长的命令,我们开始进攻,在切斯尼基进行了令人难忘的攻击。

战　后

我与阿金菲耶夫争吵的故事如下：

三十一日，我们在切斯尼基发起了一次进攻。骑兵连在村子附近的树林里驻扎，晚上六点钟时向敌人冲去。敌人在距我们步行三俄里的丘陵上等着我们。我们骑着极度疲惫的战马冲过三俄里地，跑到小山上，看到了黑色制服和苍白面孔筑成的致命墙。这些是哥萨克人，他们在波兰战役开始时背叛了我们，并由雅科夫列夫大尉组成了一个旅。骑兵们被列成作战方阵，大尉军刀出鞘地等着我们。一颗金色的牙齿在他的嘴里闪闪发光，黑色的络腮胡子垂到他的胸口，这形象就像死人身上的圣像。敌人的机枪在二十步开外的地方开火，我们队伍中多数人都落马成了伤员。踩在他们的身体上，我们对敌人发起了攻击，但是敌人的方阵并没有退缩，这时我们只得先撤退了。

因此，萨文科夫（俄国革命者，既反对沙皇，也反对苏维埃。译者注）的走狗们赢得了对第六师的短暂胜利。他们之所以能够获胜,是因为作为被攻击的一方,他们并没有在人数众多的骑兵连的突袭面前有丝毫的退缩。这次大尉站稳了脚跟,而我们逃走了,还没有用这群叛徒可耻的鲜血染红我们的军刀。

我们整个师的五千人在斜坡上奔跑,没有任何人在后面追捕。敌人仍留守在小山丘上,他们不敢相信这场不可思议的胜利,也不敢追击。因此,我们还活着,在没有受到任何伤害的情况下退入山谷,第六师的政治部主任维诺格拉多夫在那里迎接我们。维诺格拉多夫骑在一匹疯马上奔来奔去,将刚撤退下来的哥萨克人送回战场。

"柳托夫,"他看到我后,大叫了一声,"给我把战士们送回战场去,你的魂都不在身上了!"

维诺格拉多夫用毛瑟枪的手柄敲打着踉踉跄跄的种马,怒吼着,把人们都召集到一起。我从中解脱了出来,飞驰来到在附近骑着马的吉尔吉斯人古利莫夫的身边。

"冲啊,古利莫夫,"我说,"掉转马头……"

"掉转马尾巴。"古利莫夫回答道,朝四周看了看。他偷偷地东张西望,开了一枪,把我耳朵上的头发烧掉了。

"掉转你自己的马头。"古利莫夫低声说,抓住我的肩膀,开始用另一只手拔马刀。马刀紧紧地卡在它的护套里,吉尔吉斯人颤抖着环顾四周。他抱住我的肩膀,靠近他的头。

"你走前面,"他重复着,几乎听不见,"我就跟在你身后……"他用一把变形了的马刀的刀刃轻轻地敲打着我的胸部。我感到恶心,因为死亡的临近和压迫。我用手掌推开了吉尔吉斯人的脸,那脸热得像阳光下的石头一样,我使尽浑身力气深深地抓着这张脸。

温暖的血液在我的指甲下微微渗出,弄得指甲发痒,我策马离开了古利莫夫,好像经过漫长的旅程,喘着粗气。我受尽折磨的朋友,马儿,正在赶路。我往前骑行着,不管路对不对,我往前骑行着,不管身后发生什么事,直到我遇到了第一骑兵连连长沃罗比约夫。沃罗比约夫正在寻找他的设营员,还没有找到。我和他一起去了切斯尼基村,和阿金菲耶夫一起坐在小铺子里,阿金菲耶夫是前革命法庭的马车夫。萨什卡,第三十一骑兵团的护士,经过我们身边,两名指挥官也坐在小铺子里。指挥官打着瞌睡,不言不语,其中一人脑部受伤了,抑制不住地摇着头,眨着突出的眼睛,萨什卡向医院说明了他的情况,然后回到我们身边,牵着马缰绳。她的母马赖着不走,四条腿在潮湿的泥土里打滑。

"你这是要出发去哪儿?"沃罗比约夫问着护士,"过来和我们坐一坐,萨什……"

"我不会和你坐在一起的,"萨什卡回答,并击打着母马的肚子,"我不会陪你们坐的……"

"那你要怎么样呢?"沃罗比约夫叫起来,大笑着,"难道你,萨什卡,改变主意了,不要和男人们一起喝茶了?"

"就是对你改变了主意,"女人把身子转向连长,并把马缰绳抛到离自己很远的地方,"我就是改变主意了,沃罗比约夫,不想和你一起喝茶,因为我今天见到了你,还有一些英雄们,我看到了你的不光彩,指挥官……"

"你什么时候看到的,"沃罗比约夫嘟哝道,"那你应该开枪啊……"

"开枪?!"萨什卡绝望地说,把医院的袖章从她的袖子上扯了下来,"我难道要用这个东西开枪吗?"

然后,前革命法庭的马车夫阿金菲耶夫走近我们,我和他的旧账还没有得到解决。

"你根本没有什么可以开枪的,萨什卡,"他安慰说,"任何人都不能说这是你的错,但我想责罚那些打仗时犯迷糊,而不在左轮手枪的弹夹里放子弹的人……你去攻击,"阿金菲耶夫突然朝我喊了一声,在他的脸上蔓延着痉挛,"你去攻击,却没有在枪的弹夹里放子弹……原因是什么?"

"不要在这里胡搅蛮缠了,伊万。"我对阿金菲耶夫说,但他并没有退后,反而越来越近,这个肩膀歪斜着,还没有肋骨的癫痫病患者。

"波兰人把你揍了,而你却没有揍他……"哥萨克人嘀咕着,转身扭动着他被打伤的大腿,"原因是什么?"

"波兰人揍我,"我大声回答,"我没有揍他……"

"所以,你是莫罗堪派(精神基督派的一个派别。译者注)教徒?"阿金菲耶夫低声说,往后退了退。

"所以,我是莫罗堪教徒,"我说得比之前更响亮,"你想要怎么样?"

"我想要你保持你清醒的意识,"伊万带着狂野的胜利喊道,"你要保持清醒的意识,我有关于莫罗堪派教徒的规定:你可以消灭他们,因为他们崇拜上帝……"

哥萨克人一边召集大家,一边不停地大喊着"莫罗堪派教徒"。我想要离开他,但他赶上了我,抓住了我,用拳头击打了我的背部。

"你没有装子弹,"阿金菲耶夫低声在我的耳边说,动手动脚地

151

试图用他的拇指撕开我的嘴,"你崇拜上帝,叛徒……"

他猛地抓住了我的嘴,开始撕扯,我推开了患了癫痫病的阿金菲耶夫,抽他的耳光。阿金菲耶夫侧身倒地,摔得浑身是血。

然后,萨什卡带着晃来晃去的乳房向他走去。那个女人给伊万浇了浇水,从他嘴里掏出一颗长长的牙齿,这牙齿在他黑色的嘴里摇摆着,就像一条光秃秃的路上的一棵白桦树。

"公鸡只关心一件事,"萨什卡说,"要怎么啄对方的脸,但是对于今天发生的这些事,我真想把眼睛盖住……"

她悲伤地说着,带着阿金菲耶夫去了她的住处,我慢慢地走向切斯尼基村,在不知疲倦的加利西亚的雨中一步一滑地向前走。

村庄漂浮着,膨胀着,深红色的黏土从孤苦伶仃的伤口里流出。第一颗星星在我头顶闪过,落在云层中。雨无情地抽打着柳树,渐渐疲惫不堪。夜色在天空翱翔,像一群鸟儿,黑暗把它那湿漉漉的花环戴在我身上。我筋疲力尽,在坟墓的桂冠的压迫下弯着腰继续前进,向命运乞求着最简单的技能——杀死一个人的能力。

歌　曲

在布加吉恰赫村驻扎时，我遇到了一个可恨的女房东。她是个寡妇，很穷。我毁了她储藏室里的所有锁，但一只家禽都没有找到。

我只能想出一些巧妙的办法来对付她了。有一天，我在黄昏之前早早地回家了，看到女房东将炉门盖在一个未熄灭的炉子上。小屋里有一股菜汤的味道，也许这些汤里有肉。我闻到汤里有肉，就把左轮手枪放在桌子上，但老太太就是矢口抵赖，脸和黑色的手指痉挛着，她脸色变暗，惊恐而怀恨在心地看着我。如果我没有被萨什卡·科尼亚耶夫，或者叫萨什卡·耶稣打扰到，就什么都救不了她了，我真会用一把左轮手枪杀了她。

萨什卡走进小屋，胳膊下面夹着手风琴，他美丽的双腿踩着穿走样了的皮靴晃来晃去。

"来点歌曲吧。"他说，抬头看着我，睡眼惺忪，如同蓝色的冰凌。"咱们一起来点歌曲吧。"萨什卡说着，坐在长凳上，然后演奏起了开头。

这个深沉的开头似乎是从远处传来,哥萨克没有再往下演奏,他湛蓝色的眼睛显得很忧郁。他知道如何取悦我,就转过身去,开始唱起库班之歌。

"田野里的星星,"他唱道,"父亲的小屋上空田野里的星星,还有我母亲忧伤的双手……"

我喜欢这首歌。萨什卡知道这件事,因为这首歌是我们两个人——他和我——一九一九年的时候,在位于顿河支流上的卡加利尼茨卡村第一次听到的。

一个在受保护的水域中偷猎的猎人教会了我们这首歌。在受保护的那片水域里,鱼类产卵,还有无数成群的鸟类栖息。支流里的鱼儿品种丰富得难以形容,用水桶甚至徒手就能捞起,如果你将桨放入水中,它将会直直地立在河里——因为鱼儿会抓住桨并拖走它。我们亲眼看见过这样的情景,永远不会忘记卡加利尼茨卡村的那片水域。所有朝代都禁止在那里捕鱼,这是一个正确的禁令,但是在一九一九年,支流上发生了激烈的战争,猎人雅科夫,他在我们眼前进行了违反禁令的捕杀,为了封住我们的嘴,他送了一把手风琴给我们骑兵连的歌手萨什卡·耶稣。他教萨什卡唱歌,这些歌中有很多是打动人的老歌。为此,我们原谅了这个狡猾的猎人,因为我们需要他的歌曲。当时没有人能看到战争的尽头,只有萨什卡一个人用歌声和泪水铺满了我们疲惫不堪的前路。在这条路上留下了鲜血淋漓的踪迹。而在这条路的上空飘荡着悠扬的歌声。这样的情景发生在库班和绿色森林,也发生在乌拉尔和高加索的山麓,直至今天。我们需要这些歌曲,没有人能看到战争的结束,骑兵连的歌手萨什卡·耶稣依然生机勃勃,命还长着呢……

因此,这天晚上,当我被女房东煮的汤欺骗时,萨什卡用他那低沉、颤抖的声音让我抑制住愤怒,渐渐安静下来。

"田野里的星星,"他唱道,"父亲的小屋上空田野里的星星,还有我母亲忧伤的双手……"

我听着他的歌声,伸直身子躺在角落里潮湿发霉的垫子上。幻想折断了我的骨头,震动着我身下腐烂的干草,在幻想炎热的暴雨中,我几乎辨别不出用手托着衰老脸颊的老太太。她低下被虫子咬伤的头,在萨什卡没有完成弹奏之前,贴在墙上一动不动地站着,没有从原地离开。萨什卡唱完歌后,把手风琴放在一边,打了个哈欠,笑了起来,仿佛经过长时间的睡眠一样,然后看到我们这位寡妇的小屋一片荒凉,他把灰尘从板凳上拂去,把一桶水拎进了小屋。

"你看,我的好孩子,"女房东对他说,在门口蹭了一下后背,指了指我,"不久前你的这位长官来了我这里,对我大喊大叫,把整个房子跺得咚咚响,把所有的锁都给撬了,还拿武器指着我……这是造了什么孽啊……还用武器对着我,要知道我是一个女人啊……"

她再次蹭了蹭门,给她的儿子盖上被子。她的儿子在圣像下一张铺有破布的大床上打着鼾。他是一个不能开口说话的男孩,脑部肿胀,长着白色的头发和巨大的脚,像一个成年男子。他的母亲擦了擦他脏脏的鼻子,然后回到了餐桌旁。

"女主人,"这时萨什卡摸了摸她的肩膀,跟她说,"如果你愿意,我可以与你亲热亲热……"

但老太太似乎没有听到他的话。

"我没有看到任何汤，"她说，托着她的脸颊，"它们走了，我的汤。大家都用武器对着我，要是来一个好人，有机会在适当的时候也可以和他在一起亲热亲热，但是我现在对什么都感到恶心，甚至连亲热都无法让我高兴起来……"

她拖长了声音，悲伤地抱怨着，嘟囔着，将哑巴儿子推到了墙边。萨什卡和她躺在一张铺着破布的床上，我试着快些入睡，开始给自己设定各种各样的好梦，以便让自己美美地睡上一觉。

拉比之子

……你还记得日托米尔吗，瓦西里？你还记得捷节列夫河和那个星期六的夜晚吗，瓦西里？年轻的星期六用红色的鞋跟踩着星星，在日落时分悄悄到来。

月亮的尖角在捷节列夫的黑水中沐浴着它的箭。可笑的基大利，第四国际的创始人，带领我们到拉比穆塔雷·布拉斯拉夫斯基那里参加晚祷。可笑的基大利在晚上的红色烟雾中挥动着他大礼帽上的羽毛。蜡烛残暴的瞳孔在拉比的房间里不停地眨着。倚着他们的祈祷书，宽肩膀的犹太人在低沉地呻吟着，切尔诺贝利的拉比，像一个老小丑，把放在一个破烂的口袋里的铜币晃得叮当作响……

……你还记得那晚吗，瓦西里？马在外面嘶鸣，哥萨克人尖叫起来。战争的沙漠在窗外打着哈欠，拉比穆塔雷·布拉斯拉夫斯基用腐烂的手指紧紧抓住做祈祷时穿的衣服，在东墙根下祈祷。然后，橱柜的帘子拉开了，在葬礼般闪闪的烛火上，我们看到了摩西五经的卷轴，它们包裹在紫色天鹅绒的衬衫和蓝色丝绸的书套里，卷轴上是拉比的儿子伊利亚的了无生机、谦逊、美丽的面孔，这是……王朝的最后一位王子。

瓦西里，第十二军在科威尔的前线已经作战三天了。胜利者蔑视的大炮声在城里隆隆作响。我们的部队陷入慌乱，混作一团，进退两难。政治部的火车开始爬过田野死气沉沉的背脊。患有伤寒病的庄稼汉们还在推动着近在咫尺的士兵们死亡的后背。他们跳上我们火车的踏板，又被枪托撞得掉落下来。他们嘴里哼哧着，手里抓着痒，向前飞去，便沉默了。在十二俄里的地方，我没有土豆，我向他们扔了一堆托洛茨基的传单。但是他们中只有一个人递过一双肮脏的、死尸般的手接过传单。我认出他是日托米尔的拉比的儿子伊利亚。我立刻认出了他，瓦西里。王子看起来真是太痛苦了，丢了裤子，身体被士兵的背包压成两半，我们违反规则，将他拖进我们的车厢里。他那像老妇人一样无力的、赤裸的膝盖敲击着踏板上生锈的铁皮。两个穿着水手服的女打字员拖着垂死的男人长而害羞的身体。我们把他放在编辑部角落里的地板上。穿着红色长裤的哥萨克人拉直了他的衣服。女孩们用她们朴实无华的女性的弯曲的腿抵着地板，目不斜视地观察着他的生殖部位，干枯暗淡、阴毛卷曲、男性气质虚弱至极。我在一个流浪的夜晚看见过他，我开始将红军战士布拉斯拉夫斯基散落的东西折叠起来放进行李箱。

在这里，一切东西都被混杂在一起——鼓动员的委任状和犹太诗人的纪念像。旁边放着列宁和迈蒙尼德的肖像，凹凸不平的铁制列宁头像和失去光泽的丝质迈蒙尼德肖像。在党的第六次代表大会的一本决议书中夹着一缕女性的头发,在共产主义传单的空白处歪歪扭扭地写着一些古代的犹太诗句。几页《雅歌》和左轮手枪的弹药就如同忧郁而又细微的雨点落在我身上。日落时的悲伤雨水冲刷了我头发上的灰尘,我告诉那个卧在床垫上即将死去的年轻人:

"四个月前,星期五晚上,旧货经销商基大利把我带到了你父亲拉比穆塔雷的家里,但你当时还没有入党,布拉斯拉夫斯基。"

"那时我已经入党了,"男孩回答说,搔着胸口,在发烧的情况下扭动着,"但我不能离开我母亲……"

"那现在呢,伊利亚?"

"母亲是革命中的一个插曲,"他低声说道,沉默着,"我的姓的第一个字母是 Б,轮到我了,组织就把我送到了前线……"

"您到过科威尔了,伊利亚?"

"我到过科威尔了!"他绝望地喊道,"富农们正面突破了我们的阵线。我接受了混编团,但是已经迟了。我没有足够的炮兵……"

他在到达罗夫诺之前去世了。他死了,最后一位王子,在诗歌、收集的邮票和包脚布中死去。我们把他埋在一个被遗忘的车站。而我——衰老的身子几乎已不能容纳想象力的风暴——在我的兄弟垂死的那一刻,我吸入了他的最后一口气。

良马阿尔加马克

我决定要下部队。听到这个消息后,师长皱起了眉头。

"你要去哪里?……只要你一开口——你就会立即被整惨的……"

我坚持着自己的想法,这种情况确实很少见。我的选择最终落在战斗最多的师——第六师。我被分配到了第二十三骑兵团的第四骑兵连。该骑兵连由布良斯克工厂的一名钳工鲍凌指挥,从年龄上来说,他还小。因此,为了唬别人,他留了胡子。在他的下巴上卷曲缠绕着一缕缕灰色的胡子。在二十二年的时间里,鲍凌不知道何为大惊小怪。这种成千上万的鲍凌所具备的品质,成为革命胜利的重要组成部分。鲍凌坚定、沉默寡言、顽固。他生命的道路已经成型了,他对这条道路的正确性从未存在过疑问。生活的艰苦对他来说是小事。他擅长站着睡觉,他睡觉的时候,一只手握着另一只手,醒来的时候仍旧保持这样的姿势,以至于他睡着还是醒着让别人难以察觉。

在鲍凌的指挥下做事绝不能等待被怜悯。我的下部队生涯始于一个罕见的好运的预兆——我被分配了一匹马。当时，军马储备处没有马，农民手里也没有马。帮我得到马这件事是碰巧发生的。哥萨克人蒂霍莫洛夫在没有请示的情况下杀死了两名军官俘虏。他原本奉命押送他们到旅部，这两名军官可以提供重要信息。蒂霍莫洛夫没有押送他们到指定地点，这个哥萨克人本来要被送交革命法庭接受处理的，后来主意改变了。骑兵连的鲍凌想出了比法庭更糟糕的惩罚——他从蒂霍莫洛夫手中没收了绰号为"良马阿尔加马克"的种马，并将他发配到了辎重队。

我带阿尔加马克的痛苦几乎超过了人类承受力的极限。蒂霍莫洛夫从捷列克的家里牵出了这匹马。它接受了哥萨克式飞驰的训练，特殊的哥萨克式的疾驰——暴躁、疯狂、突然。良马阿尔加马克的步伐很大，脚下拉得长，还很顽固。迈着这个恶魔般的步伐，它带我奔出队伍，把骑兵连远远甩在后面，甚至使我迷失了方向，为了寻找自己的部队不得不徘徊数日，多次进入敌人的营地，在沟壑里过夜，错跑进别人的驻扎地，并遭到追击。我的驭马术还停留在对德战争期间，我在第十五步兵师的炮兵部队服役的时候。我们最重要的任务是坐在弹药箱上，偶尔才驾着马拉炮车。我真是没有机会去体验这残暴而摇摆的良马阿尔加马克，蒂霍莫洛夫将他所有魔鬼般的遭遇都作为遗产留给了这匹马，我在长长的干燥的马背上像一只麻袋一样颤抖着，我鞭打马的背，马背上已经被我打得溃烂了。金灿灿的苍蝇正在叮这些疮。脓血凝结成黑色的血块，环绕在马的腹部。因为马掌没有钉好，这匹马绊蹄受伤，后腿的第一个趾关节肿胀，变得好像象腿一般。阿尔加马克消瘦了，它的眼睛里燃烧着一匹受尽折磨的马的特殊火焰,歇斯底里的火焰和倔强顽固的火焰,它再不许别人给它备上马鞍了。

"你把一匹好好的马给废掉了,四眼儿。"排长说。

在我面前,哥萨克人沉默不语,而在我背后,他们像掠食者一样将臂揎拳,看起来昏昏欲睡,实则背信弃义。甚至都没再让我代写书信……

骑兵部队占领了诺沃格拉德-沃伦斯克,我们每天要行进六十至八十俄里,离罗夫诺越来越近了。白天太短了,每天夜里我都做同样的梦。我骑着良马阿尔加马克小跑着,篝火在路边燃烧,哥萨克人自己烹煮着食物,我骑马经过他们身边,他们都没有抬头看我。有些人打着招呼,有些人看都不看,根本没有注意到我。这是什么意思呢?他们的漠不关心意味着我的马没有什么特别之处,我像其他人一样骑行着,不管他们看不看我。我骑在自己的路上,高兴极了。因为对和平与幸福的渴望并没有在现实中实现,我才有了这个梦。

蒂霍莫洛夫不见了。他在队伍边缘的某个地方,在装满破布、慢慢腾腾的大车队的尾部盯着我。

排长曾告诉我:

"帕什卡(蒂霍莫洛夫的名字。译者注)一直在探听你是个怎么样的人……"

"他为什么需要我的信息?"

"显然他需要知道……"

"他可能担心我冒犯了他?"

"但是难道不是吗,你没有冒犯他吗……"

帕什卡的仇恨通过森林和河流来到我身边,我的皮肤感觉到了它,开始颤抖,充血的眼睛紧紧盯着我前进的路。

"你为什么给我一个敌人?"我问鲍凌。

骑兵连连长从我的身旁走了过去,还打了个哈欠。

"这不是我该忧心的,"他没有转过身来,回答道,"这是你该忧心的……"

良马阿尔加马克背上的伤口收口了,然后又裂开了。我在马鞍下面放了三块垫子,但还是不能正常骑行,伤口迟迟没有愈合。一想到我骑在马儿皮开肉绽的伤口上,我就觉得浑身酥痒难耐。

我们排的一个哥萨克人,名字叫比久科夫,他是蒂霍莫洛夫的同胞,他在捷列克认识了帕什卡的父亲。

"帕什卡的父亲,"比久科夫曾告诉我,"他为了狩猎而养马……是个战斗骑士,胖胖的……现在他在马群中选择一匹马……这匹马就会被牵来。他会站在马的前面,双腿叉开,直视着马……你要怎样?……这就是他所需要做的:他会挥动拳头,在马的两眼之间来一下子——马就死了。卡里斯特拉特(帕什卡父亲的名字。译者注),你为什么要这样对待一只动物呢?……他说,我是玩狩猎的……果然是战斗骑士,没的说。"

良马阿尔加马克是被帕什卡的父亲选中留下的,现在到了我这里。下一步该怎么办呢?我心里想了很多计划,但战争让我免于担忧。

骑兵军袭击了罗夫诺,这座城市被占领了,我们在那里住了两晚。第三天晚上,波兰人又把我们推了出去。他们为了给撤退的部队争取时间再次发起了战斗,而这次策略取得了圆满成功。暴风夹杂着骤雨，还有随黑色水流降落到大地的夏季的电闪雷鸣，成了波兰人最好的掩护。我们花了一天时间把城里的残敌清理了一番。在这场夜晚的战斗中，最勇敢的人，来自塞尔维亚的邓迪奇，倒下了。帕什卡·蒂霍莫洛夫也参加了这场战斗。波兰人向他的辎重车队发起了进攻，那个地方很平坦，没有任何掩护。帕什卡按照只有他自己才明白的战斗方针摆放好了他的大车。而确实，罗马人曾经这样列过阵。帕什卡有一挺机关枪。要理解，他偷了枪并隐藏起来也是以防万一。有了这挺机枪，蒂霍莫洛夫击退了敌人，拯救了财产，并带走了整个辎重车队，除了两辆马匹被射杀了的大车。

"你干吗故意遣散你的士兵，让他们不得晋升？"在这场战斗的几天后，旅部责问鲍凌。

"没错，如果我这么做了，就说明确实是有这个必要的……"

"看吧，你会倒霉的……"

对帕什卡的大赦令还没有宣布，但我们知道他迟早会回来的。他赤脚穿着胶鞋走了进来，他的手指被切断了，黑色的纱布带子挂在手指上面，带子像斗篷式外衣一样拖在他身后。帕什卡来到布加吉恰赫村教堂前的广场上，那里的拴马桩上拴着我们的马。鲍凌坐在教堂的台阶上，在桶里泡着脚。他的脚趾溃烂了，呈粉红色，像是刚开始淬火的粉红色的钢铁。一缕草黄色的年轻的头发粘在鲍凌的额头上。阳光在教堂的砖块和瓷砖上燃烧。站在连长旁边的比久科夫把一根烟放进连长嘴里并点燃了它。蒂霍莫洛夫拖着他破烂的外衣，走向拴马桩。胶鞋打着他的双脚，啪啪地响。良马阿尔加马克伸出长长的脖子向他的主人嘶鸣起来，它像荒漠中的一匹马一样轻轻地尖叫着。在它背上皮开肉绽的道道伤口中弯弯曲曲地流淌着脓血。帕什卡走到良马旁边,肮脏的绷带一动不动地垂在地上。

"吃了这么多苦头呢。"哥萨克人用几乎听不见的声音说道。我向前走去。

"我们言归于好吧,帕什卡。我很高兴马儿又回到你身边。我无法应付它……让我们言归于好吧,怎么样?"

"还没有到复活节呢,就和好了啊。"排长在我身后抽着烟说道。他的裤子被解开了,衬衫在他古铜色肌肤的胸上也解开了,他正在教堂的台阶上休息。

"你和他互吻三次(东正教徒在复活节时常互吻三次以示祝贺或重归旧好。译者注)吧,帕什卡,"蒂霍莫洛夫的老乡比久科夫嘀咕着,就是结识了帕什卡的父亲卡里斯特拉特的那个人,"他真的很想和你互吻三次以示和好……"

我是这些人中的一员,但我和他们的友谊无法实现。

帕什卡像钉了钉子一样站定在马的前方。阿尔加马克用力、自由地呼吸着,向他伸出脸。

"吃了这么多苦啊,"哥萨克人重复着,突然转向我,直白地说道,"如果是我,我是不会和你言归于好的。"

他拖着胶鞋,沿着铺满石灰石、被阳光烤得发烫的道路走开了,绷带扫着村庄广场上的灰尘。阿尔加马克像狗一样跟在他后面。缰绳在它的脸下摇晃,长长的脖子低垂着。鲍凌一直在桶里烫洗着脚上铁红色的溃烂的伤口。

"你把我视作敌人,"我跟他说,"但我做错了什么?"

165

骑兵连连长抬起头来。

"我看穿你了,"他说,"我从里到外看穿你了……你们努力地生活,希望一个敌人都没有……你全力地希望如此,没有一个敌人……"

"和他互吻三次。"比久科夫嘀咕着,转过身去。

在鲍凌的额头上有一个烧伤的印记,他的脸颊一直在抽搐着。

"你知道会发生这事吗?"他说着,控制不住自己的呼吸,"发生了这般无聊的事……从我们这里滚回母亲的怀抱吧……"

我不得不离开,我转到了第六骑兵连,那边好多了。无论如何,良马阿尔加马克教会了我蒂霍莫洛夫式的驭马术。几个月过去了,我的梦实现了,哥萨克人终于停止在我身后目送我的马儿和我了。

吻

八月初，军部命令我们到布加吉恰赫重新编组。在战争开始时这个地方被波兰人占领了，但很快它又被我们收回了。骑兵旅在黎明时分慢慢行进到该地，我是在白天抵达的。最好的房间都已经被占用了，我被分到了一个学校老师的家里。在一座矮小的房屋里，在一棵棵开始结果的柠檬树中间，一个瘫痪的老人坐在扶手椅上。他戴着一顶带羽毛的蒂罗尔帽子，灰色的胡须垂在胸前，满身灰尘。他眨了眨眼睛，唠叨着某种要求。洗完脸后，我去了旅部，晚上才回来。勤务兵米什卡·苏罗夫采夫，一个来自奥伦堡的哥萨克人，向我报告了情况：这个教师家里，除了瘫痪的老人，还有女儿托米丽娜·伊丽莎白·阿列克谢耶夫娜和她的五岁的儿子米什卡，这孩子和苏罗夫采夫同名；在军官丈夫于对德战争中阵亡后，女儿便成了寡妇，但一直表现得很好，根据苏罗夫采夫的说法，如果能遇到一个好男人，她也可以把自己托付给这个男人。

"我去筹划一下。"苏罗夫采夫说，他走到厨房里，把餐具弄得叮叮当当的,老师的女儿在一旁帮助他。苏罗夫采夫一边烹饪,一边讲着我的英勇故事,关于我在战斗中如何把两名波兰军官拉下马以及苏联政府如何尊重我的故事。托米丽娜用内敛而安静的声音应付着他。

"你在哪里休息?"苏罗夫采夫在托米丽娜离开的时候问她,"你靠我们近点,我们都是活着的人……"

他把炒鸡蛋放进一个巨大的煎锅里,拿回房间,放在桌子上。

"她同意了,"他坐下说,"但只是没有说出口……"

就在那时,房子里响起了一阵压低了的交谈声、沙沙的摩擦声、沉重而谨慎的奔跑声。当老头子拄着拐杖、老妇人裹着披肩走进屋子里时,我们还没来得及吃完我们的战争菜肴。小米什卡的床被拖进了餐厅,在柠檬树丛中,挨着外公的椅子。那些准备捍卫伊丽莎白·阿列克谢耶夫娜的荣誉的虚弱客人挤在一起,像天气恶劣时候的绵羊一样,把门口堵住了,一整晚默默地打牌,耳语着谁的得分不足,每次一有沙沙声就都呆住不动了。在这扇门的后面,我尴尬得无法睡着,非常难为情地熬到了天亮。

"我有事要和你讲,"在走廊里遇见托米丽娜后,我跟她说,"我有事要和你讲,我必须告诉你,我从法学院毕业,属于所谓的知识分子……"

她站在那里,呆住了,双手垂放着,穿着一件老式的斗篷,这斗篷仿佛是为她瘦弱的身躯定做的一般。她睁着蓝色的眼睛,泪流满面,直直地盯着我。

两天后,我们成了朋友。老师的家庭生活在无穷无尽的恐惧和无知中,家里都是善良但柔弱的人。波兰官员向他们灌输着这样的思想：俄罗斯就像曾经的罗马一样，在硝烟和野蛮中完蛋了。当我给他们讲述列宁，讲述满载未来希望的莫斯科，讲述艺术剧院时，他们就会露出孩子般怯懦的快乐。每天晚上，二十二岁、蓄着纠缠在一起的棕红色胡须的布尔什维克将军都会来到我这里。我们抽着莫斯科的香烟，吃着由伊丽莎白·阿列克谢耶夫娜用军队的食物准备的晚餐，唱着学生歌。蜷缩在椅子上，瘫痪的男人急切地听着我们的歌曲，蒂罗尔的帽子跟着我们歌声的节奏摇晃着。在这些充满蓬勃、猛烈和不清不楚的希望的日子里，这位老人憧憬地生活着，为了不让自己的幸福变得暗淡，他尽量不让自己注意到我们对残暴的某种吹嘘，以及当时我们解决所有世界问题显现出的愚笨。

在战胜波兰人之后，家庭会议上这么决定，托米丽娜一家将搬到莫斯科：我们将把老人送到一位知名教授那边接受治疗，伊丽莎白·阿列克谢耶夫娜将继续学业，而至于米什卡，我们会把他送到位于大牧首池塘的一所学校，他的母亲曾在那里就读。未来是我们自己的没有任何争议的财产，而战争是幸福前的暴风雨，幸福本身才是我们性格的本质特点。只有细节还没有得到解决，在讨论这个问题上我们花了数个夜晚，数个强大的夜晚，烛光映射在昏暗的家酿酒的玻璃瓶上。神采飞扬的伊丽莎白·阿列克谢耶夫娜是我们沉默的倾听者，我从未见过这样一个冲动、自由和怯懦的人。晚上，狡猾的苏罗夫采夫带着我们乘坐在库班时征用的轻便双轮马车来到一个山丘上，在那里，被宫西奥洛夫斯基公爵遗弃的房子在夕阳的火焰中闪闪发光。在红色缰绳的牵引下，瘦弱但顾长而纯种的马匹温和地奔跑着；一只漫不经心的耳环在苏罗夫采夫的耳边摇曳着,一座座圆形的塔楼从长满黄色花儿的壕沟里突出来。破碎的墙壁在天空中画出一条曲线,一条膨胀着红色血液的线条,野玫瑰丛掩盖了粒粒浆果,蓝色的台阶是波兰国王曾经爬过的阶梯遗迹,在灌木丛中闪闪发光。坐在上面,我把伊丽莎白·阿列克谢耶夫娜的头拉向我,吻了她。她慢慢地躲开,站起身来,用双手抓住墙壁,靠在上面。她一动不动地站着,一道火红的、尘土飞扬的晚霞余光在她的脑袋周围沸腾,然后,她吓了一跳,仿佛听到了什么,她抬起头,把手指从墙上移开,迈着纠结而快速的步伐,跑了下去。我朝她喊,她却没有回应我。山下,脸颊绯红的苏罗夫采夫正仰面朝天地睡在马车上。晚上,当每个人都睡着了的时候,我偷偷溜进伊丽莎白·阿列克谢耶夫娜的房间。她正在读书,把书放在离自己很远的地方,落在桌子上的那只手似乎了无生气。听到敲门声后,伊丽莎白·阿列克谢耶夫娜转过身,从座位上站起来。

"不,"她凝视着我说,"不,亲爱的。"然后,用赤裸的修长的双臂搂着我的脸,越来越激烈地、无尽地、无声地吻了吻我。隔壁房间响起的电话铃声让我们彼此分开,电话是旅部的副官打来的。

"马上前进,"他在电话中说,"把命令转达给旅长……"

我没有戴帽子就走了,在我去的途中,我一边走,一边把文件塞到口袋里。马被牵出了院子,骑兵们在黑暗中向前疾驰着,大喊着。旅长在打着斗篷上的结,我们从他那里了解到波兰人已经突破了柳布林附近的防线,我们收到进行迂回包抄行动的命令。两个团都在一个小时内行动,醒来的老人焦急地从柠檬树的树叶后看着我。

"告诉我,你会回来的。"他重复道,晃动着脑袋。

伊丽莎白·阿列克谢耶夫娜把一件羊皮短大衣穿在麻布短衫外面，送我们来到街上。黑暗中，一支看不见的骑兵连在疯狂地奔跑着。在田野的转弯处，我环顾四周——托米丽娜俯下身，将她的羊皮短大衣披在站在她面前的那个小男孩身上，窗台上忽明忽暗的灯，那恍惚的光线沿着她柔美的头部淌过……

在不到一天的时间里，我们行进了一百公里，和第十四骑兵师胜利会师，边战斗边后撤。我们常常就睡在马鞍上。休息的时候，困得不行的我们就倒在地上，马儿拉着缰绳，拖着睡着的我们越过收割过的田野。秋天来了，加利西亚默默地下着小雨。我们蜷缩成一个个沉默而又蓬乱的躯体，绕着圈来来回回地走着，时而落入波兰人的捆绑袋中，时而又逃脱了，我们已失去了对时间的意识。在托尔新教堂度过一夜后，我甚至都不认为我们已经在距离布加吉恰赫九俄里以外的地方。苏罗夫采夫提醒了我，我们互相看了看。

"最重要的是，马儿太疲惫了，"他兴高采烈地说，"否则我们可以过去一下……"

"不行，"我回答说，"车会在晚上被绊住的……"

我们还是去了。在我们的马鞍上挂着礼物——一大块糖、红色皮毛的女士斗篷和一头两周大的活山羊。道路在一片湿润的森林里蜿蜒前行，一颗星星在橡树的树冠上徘徊。不到一个小时，我们到达了城镇，中心地区已经被烧毁，满是覆盖了面粉似的尘土而变得白白的货车、拉运枪支的马车和破碎的马车单辕杆。我还没有离开我的马，便敲了敲一扇熟悉的窗户——一朵白云在房间里升起。托米丽娜穿着那件麻布短衫，跑到门廊上。她热情地握住我的手,带我进了屋子。在大房间里,破碎的柠檬树上晒着男人的内衣,陌生人睡在没有间隙的铺位上,就像在医院里一样。他们伸出肮脏的脚,歪着嘴巴,在睡梦中嘶哑地大声喊叫,并大声和热切地呼吸着。房子被我们的战利品委员会占用了,托米丽娜被赶到另一个房间。

"你什么时候带我们离开这里?"伊丽莎白·阿列克谢耶夫娜拉着我的手问。

老头醒来了,晃动着脑袋。小米什卡抓着小山羊,露出快乐而寂静的微笑。在米什卡的面前,苏罗夫采夫噘着嘴站着,从哥萨克的马裤口袋里抖出马刺、打穿的硬币和串在黄色扭绳上的哨子。在这个被战利品委员会占据的房子里,无处藏身,我和托米丽娜一起去了木制的储藏室,在那里冬天会存放土豆和蜂箱。在储藏室里,我看到了一条不可避免的灾难之路,就是在宫西奥洛夫斯基公爵的城堡旁开始的亲吻之路……

黎明前,苏罗夫采夫敲了敲我们的门。

"你什么时候带我们走?"伊丽莎白·阿列克谢耶夫娜看着别处说。

我没有说话,走到屋里向老人说"再见"。

"最重要的是,没有时间了,"苏罗夫采夫挡住了我的路,"上马,走吧……"

他把我推到外面,牵来了马。托米丽娜递给我一只冷冰冰的手,她一如既往地昂起头。休息了一夜的马匹飞驰起来。在黑色的橡树林中升起了火热的太阳。早晨的愉快让我满心欢喜。

森林里露出了一块空地,我放下马缰,转身向苏罗夫采夫喊道：

"还能再停留一下的……这么早就叫醒了……"

"现在已经不算太早了，"他回答说，用手弄齐并拨开树枝上潮湿、撒落的花朵，"如果不是那个老人，我会更早地把你叫醒……那个老人开始谈话，大惊小怪的，嘎嘎叫了几下并开始倒向一边……我连忙跑到他身边，一看——死了，没气了……"

我们穿过森林，来到一片没有道路的耕地。苏罗夫采夫在马上起身瞥了一眼，吹了吹口哨，嗅出正确的方向，接着把这个方向和空气一起深吸进肚子里去，然后稍稍俯下身子，驰骋而去。

我们准时回来了，叫醒了骑兵连的战士们。炎热的一天，阳光晒人。那天早上，我们的骑兵旅通过了波兰王国以前的国界线。

格里修克

第二次到这个小镇的旅行结束了,并不愉快。我们去找牧草,中午才回来。格里修克的背部在我眼前平静地颤抖着。在到达村庄之前,他轻轻地折叠了缰绳,叹了口气,从座位上爬下来。他爬到我身边,挺直身子,横躺在马车上。他僵直的脑袋摇晃着,马走着,一张黄布像裹尸布一样落在格里修克的脸上。

"还没吃饭呢。"他彬彬有礼地回答我,发出惊恐的叫声,然后放下疲倦的眼皮。

因此,我带着车夫驱车进入村庄,他挺直得和马车一样长。

在屋里我给了他面包和土豆。他吃得很慢,打着盹,摇晃着。然后他走到院子中间,展开双臂,躺在地上——仰面朝上。

"你一直都不说话,格里修克,"我喘着粗气,对他说,"我怎么能理解你,疲惫的格里修克?……"

他还是不说话,转过身去。到了晚上,当我们躺在干草上彼此温暖时,我从他无声的故事中了解到了这一章节。

俄罗斯战俘努力加强北海沿岸的防御建筑。在野外工作时，他们被赶到了德国的腹地。格里修克落到了一位得了精神病的单身农民的手中，这个农民的精神病的表现就是沉默。通过殴打和绝食，他教会了格里修克用手语与他交谈。四年来，他们一起沉默地过着和平的生活。格里修克没有学过语言，因为他没有听到过。德国革命后，他去了俄罗斯。主人把他带到了村子的边缘，他们停在主干道上。德国人指着教堂，指着自己的心脏，指着地平线上无边无际的蓝天。他将长着乱蓬蓬的白发的脑袋斜靠在格里修克的肩膀上，两个人沉默地拥抱着。然后德国人挥了挥手，快速、脆弱而又迷茫地往前，往自己的家跑去。

他们本来九个人

九名战俘已经无一幸存。我心里明白。索尔莫沃工人出身的骑兵排排长戈洛夫杀死一个身材颀长的波兰人时,我告诉司令部首长:

"排长的这个做法给战士们开了一个不好的先例,我们应该将战俘送到司令部接受讯问。"

首长允许了。我从袋子里拿出铅笔和纸,把戈洛夫叫了过来。

"你透过眼镜看世界。"他说,带着仇恨看着我。

"透过眼镜,"我回答说,"那你怎么看世界,戈洛夫?"

"我透过我们悲惨的工作、生活。"他说着,向战俘走了过去,手里拿着一件带有垂坠袖子的波兰制服,制服尺寸不合适,袖长勉强到肘部。然后,戈洛夫用手指摸了摸俘虏身上的狙击兵长衬裤。

"你是一名军官。"戈洛夫说着,用手挡住太阳。

"不是。"我听到了坚定的答案。

"我们的兄弟不穿这些。"戈洛夫喃喃自语,沉默了。他不言不语,哆嗦了一下,看着囚犯,眼睛呈现出白色,并且瞪得大大的。

"妈妈编织的。"囚犯坚定地说道。我转身看着他,这是一个瘦腰的年轻人,他黄色的脸颊上尽是络腮胡子。

"妈妈编织的。"他重复道,垂下了双眸。

"你有一个工厂式的妈妈。"安德留什卡插话进来说。他是一个脸色红润、留着丝绸般头发的哥萨克人,一个从垂死的俘虏身上脱下裤子的人,裤子被他扔在马鞍上。安德留什卡笑着,骑马来到戈洛夫身边,小心翼翼地从他手上取下制服,把它扔到马鞍上搭着的裤子上,然后轻轻抽打着皮鞭,骑马离开了我们。

就在那时,阳光从云层中倾泻而出。令人眼花缭乱的阳光包围着安德留什卡的马,马愉快地奔跑,短尾巴漫不经心地摇摆着。戈洛夫困惑地看着跑远的哥萨克,他转过身来,看到在制作俘虏名单的我。然后他看到一个一脸络腮胡子的年轻人,年轻人抬起高傲、冷静的双眼,对他的困惑报以微笑。这时,戈洛夫将双手折叠成了管状,大喊着:我们的共和国还活着,安德留什卡。分割我们的国家还早着呢,扔下你手上的东西!

安德留什卡连耳朵都没竖起来,他骑着马小跑而去,马儿轻快地甩着尾巴,好像在向我们挥手。

"背叛了。"戈洛夫低声地说着,逐个字母地说着这话,变得悲惨和麻木。他跪了下来,瞄准,射击,但是没有射中。安德留什卡马上掉转马头,冲着骑兵排排长飞驰而来。他绯红而年轻的脸上写满怒意。

"听着,老乡,"他大声喊道,突然对自己响亮的声音感到很高兴,"我怎么没把你给打死呢,排长,送你到你母亲的世界里去。你

177

就收拾了十个波兰小贵族阶级,就如此嘟瑟,我们收拾了几百个时,都没有叫你帮忙……如果你是一名工人,那么就管好你自己的事情……"

安德留什卡胜利地看着我们,骑马跑了。排长都没抬头看他。排长把手放在额头上,血从他脑袋上往下流,就像草垛上的雨一样。他把肚子贴在地上,爬到了小河边,他把那受伤流血的脑袋浸入快要干涸的水中很长一段时间……

九名战俘已经死亡,我心里明白。我骑在一匹马上,给他们制作了一份认认真真画上格线的俘虏名单。第一列是按顺序排列的数字,在另一列中写着名字和姓氏,第三列是部队的番号,共有九个号码。其中第四位是阿多尔夫·舒尔梅伊斯捷尔,来自罗兹的地主管家,犹太人。他一直贴在我的马上,用颤抖的悠然自得的手指抚摸着我的靴子。他的腿被枪托砸伤了,一条细长的痕迹从他的脚下延伸开来,仿佛是来自一只受伤的跛脚狗。舒尔梅伊斯捷尔橙色秃头上的汗水在阳光下闪闪发光。

"您是犹太人,先生,"他低声说,疯狂地抚摸着我的马镫,"您是犹太人。"他尖叫着,唾沫飞溅,因为喜悦而打着战。

"站到队伍中去,舒尔梅伊斯捷尔。"我向犹太人喊道,然后突然陷入了致命的虚弱。我从马鞍上爬起来,几乎喘不过气来,问道:"您怎么知道的?"

"犹太人甜美的目光,"他尖叫着,一条腿跳了起来,身后拖着一条狗般细细的痕迹,"您甜美的目光,先生。"

我勉强与他死亡前的手忙脚乱疏远了些,我慢慢地苏醒过来,就像在被震伤之后。

司令部首长命令我处理事情，我就骑马归队了。

机枪像拴在绳索上的小牛一样被拖到山上。它们像友好的牛群一样成排移动着，平静地发出叮当声。太阳开始在它们尘土飞扬的枪口上沸腾起来，我看到了钢铁上映射出的彩虹。那个蓄着卷曲的络腮胡子的波兰人带着农村式的好奇心看着它们，他整个身子向前倾着，我看到了戈洛夫，他从沟里爬出来，表情警觉而苍白，头部受伤了，带着一支步枪。我向戈洛夫伸出手去，大喊着，但声音在我肿胀的喉咙里窒息。戈洛夫向俘虏的后脑壳射击，双腿跳了起来。惊讶的波兰人转向他，转出一个完整的圆圈，就像演习时一样，就像顺从的女人一样，他缓缓地将双手放到脑后，瘫倒在地，立即就死了。

然后，戈洛夫的脸上浮现出一抹轻松而平静的微笑，红晕再次回到他脸上。

"妈妈是不会给我们的兄弟编织那样的内衣的，"他狡猾地对我说，"勾去一个，就记录八个吧……"

我给了他一份记录，绝望地说："你要对这一切负责，戈洛夫。"

"我会负责的，"他以无法形容的胜利之音喊道，"不是对你这个戴眼镜的负责，而是对索尔莫沃的兄弟负责。我们的兄弟会理解的……"

九名战俘已经死亡，我心里明白。今天早上我决定为被杀者做追思弥撒。除了我，在骑兵军里没有人会这样做的。我们的部队在被毁坏的农场停下来休息。我拿着日记本去了一个还幸存的花圃，那里长着风信子和蓝色的玫瑰。

我开始写关于排长和九个死人的事，但周围很吵，熟悉的噪音

179

立刻打断了我。司令部的奴才切尔卡申正在砸蜂箱。脸色红润的奥尔洛夫手里拿着一支冒着烟的火把跟着他。他们的头用大衣包裹着，小缝隙般的眼睛燃烧着。无数的蜜蜂被胜利者击败了，在蜂巢中死去。我把笔放下了，我为我要做如此之多的追思弥撒而感到震惊和害怕。